宰相与船夫

歷史輕閱讀

周礼 著

全国百佳图书出版单位
ARCTIME 时代出版
时代出版传媒股份有限公司
黄山书社

图书在版编目(CIP)数据

宰相与船夫 / 周礼著. —合肥:黄山书社,2016.1

(历史轻阅读)

ISBN 978-7-5461-5461-9

Ⅰ.①宰… Ⅱ.①周… Ⅲ.①随笔-作品集-中国-当代 Ⅳ.①I267.1

中国版本图书馆 CIP 数据核字(2016)第 023464 号

历史轻阅读·宰相与船夫 **周礼 著**

LISHI QING YUEDU ZAIXIANG YU CHUANFU

出品人 任耕耘
责任编辑 秦矿玲
装帧设计 观止堂_刘俊 木易
出版发行 时代出版传媒股份有限公司(http://www.press-mart.com)
黄山书社(http://www.hspress.cn)
地址邮编 安徽省合肥市蜀山区翡翠路 1118 号出版传媒广场 7 层 230071
印　　刷 安徽国文彩印有限公司
版　　次 2016 年 6 月第 1 版
印　　次 2016 年 6 月第 1 次印刷
开　　本 787 mm×1092 mm 1/16
字　　数 120 千
印　　张 9.75
书　　号 ISBN 978-7-5461-5461-9
定　　价 18.00 元

服务热线 0551-63533706

销售热线 0551-63533761

官方直营书店(http://hsssbook.taobao.com)

与史结缘（代序）

历史是什么？我们为何要阅读历史？

历史是过去的发生的事情。我们阅读它，绝不仅仅是为了还原真相，更重要的是能够从中获得智慧，受到启迪，陶冶情操，从而为迷雾之中的未来指明出路，并获得精神上的愉悦。

从苏辙盖房，我们看到了古人的辛酸；从李白的纵酒欢歌，我们看到了无尽的落寞；从李离的以死正法，我们看到了古代司法工作者的浩然正气；从钱沣智斗权臣，我们看到了忠臣的铮铮铁骨；从齐桓公让地于燕，我们看到了感天动地的大义；从张良拒绝高官厚禄，我们学会了为人处世的道理……他们的头顶闪耀着智慧的光芒，他们的身上充满了激励人心的“正能量”。

通过读史，我们既可以知兴替，明事理，深邃我们的思想，又可以增长才干，学会如何为人处世。河南大学文学院教授王立群说得好：“每个人都应该读点史书，尤其是青少年，因为读历史可以明大事，可以长见识，历史告诉人们大到国家、小到自己的做人做事的道理。”

另外，读史也是一件愉快的事。一行行灵动的文字，如水一样地从心坎上缓缓淌过，带走了世俗的烦扰、都市的喧嚣、生活的琐碎，洗去了心中的俗念、人生的困惑、身体的疲惫，剩下的只有一片纯净、美好、惬意。这一刻，你可以坐看金戈铁马，静观风云变化；下一刻，你可以泛舟湖畔，赏江南烟雨。世间百态，人情冷暖，真善丑恶，尽在其中。

爱史的人生，也许不是富裕的人生，但一定是充实的人生、智慧的人生、快乐的人生。

目录

史海拾贝

奇人趣事

天若有情

智者千虑

风云职场

史海拾贝

烟波浩渺，往事越千年，那些经过沉淀的故事，如同一个个闪闪发光的贝壳，给我们带来惊喜，让我们大开眼界。细细聆听，它们仿佛在向我们诉说着沧桑巨变，诉说着文明与进步，诉说着博大与精深。

古代的退休诗

“退休”一词，最初见于唐朝文学家韩愈的《〈复志赋序〉》：“退休于居，作《复志赋》。”韩愈退休后，闲居在家里，没事时就写写文章。《宋史·韩贽传》也有记载：“退休十五年，谢绝人事，读书赋诗以自娱。”韩贽退休后，不再理政事，闭门读书，吟诗作赋。

关于退休制度，其实早在先秦就有了。《礼记·曲礼》载：“大夫七十而致仕。”意思是说官员到了70岁（明清时，官员退休的年龄为60岁）就可以辞去官职，告老还乡，颐养天年。古时候，官员退休称“致仕”，亦作“致事”“致政”，即还禄位于君，从此赋闲于家。

在唐朝中期及以前，官员退休后基本上都没有俸禄了（到了唐朝后期，退休待遇有了明显的改善，普通官员可享有一半的俸禄，有功之臣甚至可获全俸），退休相当于辞职或失业。按照汉制，无论你之前担任什么要职，一旦退休，就不再参与朝政，也不再享有任何特权，包括俸禄。也就是说，退休等于失去原有的权力、地位和收入。面对这种状况，一些退休官员只能发出一声长长的哀叹：“柴米油盐酱醋茶，而今件件费绸缪。吞声不敢长嗟叹，恐动高堂替我愁。”也有一些贪恋权位的官员，即便到了退休的年龄，只要身体能够勉强支撑，就会想方设法地赖着不走。这就出现了在其位不谋其政的现象。于是，一些有正义感的文人实在看不下去了，就写诗讽刺，如：“绿水红莲客，青衫白发精。过厅无一事，咳嗽两三声。”

有贪恋权位的官员，也有向往田园生活希望提前退休的官员，像南北朝时期的“山中宰相”陶弘景，为了早日告别官场的黑暗，他写了一首退休诗呈给梁武帝：“眼前流水自悠悠，歇卧偷闲恋绿畴。笑看金笼牵鼻去，等闲落得用鞭抽。”诗中极言乡村的宁静、美好、自在，意在表达自己的归隐山野之心。看了这首诗后，梁武帝知道陶弘景去意已决，便答应了陶弘景的请求。

宋雍熙年间（984—987），苏州太守孙冕年老体迈，身体不支，便给太宗皇帝写了一首退休诗：“人生七十鬼为邻，已觉风光属别人。莫待朝廷差致仕，早谋泉石乐天真。去年河北曾逢李，今日淮西又见陈。寄语姑苏孙太守，也须抖擞旧精神。”诗中，孙冕对待退休的乐观之情和提携新人之意溢于言表，让人肃然起敬。

明朝开国功臣刘伯温，也写过一首退休诗：“买条黄牛学种田，结间茅屋傍林泉。因思老去无多日，且向山中过几年。为吏为官皆是梦，能诗能酒总神仙。世间万事都增价，老了文章不值钱。”刘伯温位极人臣，拥有至高无上的权力和地位，然而他淡泊名利，懂得全身而退，因此赢得了生前身后名。

古代的休假制度

作为现代人，我们是幸福的，不但每周可以休息两天，而且有许多法定的节假日。那么古代的公务人员都享有哪些节假日呢?

在秦朝及以前，没有法定的节假日，也没有具体的休假制度，政府官员每天都要按时上下班。如果遇到特殊情况，不得不离开工作岗位，那需要提前请假，经相关部门的批准后，方能离开。秦时的官员请假称“告归”，告归主要有两种情况：一是因疾病需要回家休养，一是因身体老迈需告老还乡。

到汉朝，休假制度初具雏形，主要分为两大类：一类是例假，另一类是节令假。

汉制规定，凡政府官员，每五日可以休假一天，称为“休沐”，即休息和洗浴。《初学记》卷二十载：“休假亦曰休沐。《汉律》：‘吏五日得一下沐。’言休息以洗沐也。”可见，我国的休假制度历史悠久，早在汉朝时就有了明文规定。当时朝廷要求各级官员集中在官衙办公和食宿，没有特令，平常不得回家，只有到了“休沐”，才可以洗澡更衣，回家团圆，走亲访友。《汉书·霍光传》载：“光时休沐出，桀辄入，代光决事。”北魏杨炫之《洛阳伽蓝记·宝光寺》载：“京邑士子，至于良辰美日，休沐告归，征友命朋，来游此寺。”

汉朝的官员还享有各种节令假，如冬至、夏至、春节等。除此之外，遇到特别的事情，官员还可以告假，告假又分为予告和赐告两种。予告可带职休假，但不得归家。赐告则是因为生病给予的假。汉制规定，官员凡请假3个月则会被免官，经赐告者可延长假期而不被免官。若遇丧事，则依丧服制度，长者3年，短者36天。

到了唐朝，休假制度得到了进一步完善，也更人性化、具体化。唐制规定，各级官员每10天可休假1天，称“荀假”，此外还享有各种节令假，如春节放假7天、定省节（相当于现在的探亲假，每3年1次）放假35天、结婚放假9天、丧假（视与死者的关系而定假期长短）、病假（最长不能超过百天）。到了唐朝末期，还建立了退休制度，凡官员年逾七旬者，可以退休，称为“致仕”，享受半俸。

宋朝是中国历史上假日最多的一个朝代，各种法定假和节令假共计有68天。《文昌杂录》载：“官吏休假，元旦、寒食、冬至各七日，上元、夏至、中元各三日，立春、清明各一日，每月例假三日，岁共六十八日。”另外，宋朝还有一个省亲假，每年十二月二十日至次年正月二十日，各级官署停止办公，回家过年。因此，宋朝的官员实际享有的假日应该是98天。

明朝的休假制度与宋朝相比，休假的天数有了明显的变化。例假仍为每月3天，加上元旦、元宵、中元、冬至等节日共放假18天，每年休假只有50多天，比宋朝少了将近一半。

清朝的休假制度基本沿袭了明朝，但到了清末，休假制度发生了很大的变化。鸦片战争后，受西方假日制度的影响，例假由原来的3天月假变为周日休假，这种制度一直沿袭至今。

古代的饮食娱乐

古代，无论是宫廷宴席，还是文人雅士聚会，人们不光讲求饭菜的质量，还十分注重席间娱乐。

行酒令。白居易诗云：“花时同醉破春愁，醉折花枝当酒筹。”《红楼梦》第四十回中鸳鸯喝了一杯酒，笑着说：“酒令大如军令，不论尊卑，唯我是主，违了我的话，是要受罚的。”白居易诗中的“酒筹”，就是行令用的筹码子。而《红楼梦》中的这段话则道出了行令的基本规则。行酒令，其实就是酒席上的一种助兴游戏，通常在席间推举一人为令官，剩下的人听令，轮流说诗词、联语等，违令者或负者会被罚酒。这种游戏不仅在士大夫阶层特别流行，在民间也很受欢迎，只不过方式要简单得多。行酒令既是古人热情好客的表现，也是饮酒文化与古人聪明才智的结晶。

击鼓传花。杜牧在《羊栏浦夜陪宴会》中曰：“球来香袖依稀暖，酒凸觥心泛滟光。”宋朝范成大在《上元记吴中节物》中说：“酒垆先迭鼓，灯市早投琼。”《红楼梦》第五十四回里也有对击鼓传花的描述，众人为了听贾母和凤姐说笑话，故意叫击鼓的女先儿（盲女艺人）停鼓。击鼓传花是古代酒宴上又一种助兴游戏，流行于全国各地。游戏时，大家围成一圈，其中一人拿花，一人背对着大家或蒙上眼睛击鼓，鼓响传花，鼓停花止。花最终落在谁的手中，谁就会被罚，要么喝酒，要么作诗。

投壶。《礼记·投壶》载："投壶者，主人与客宴饮讲论才艺之礼也。"《左传·昭公十二年》亦云："晋侯以齐侯宴，中行穆子相，投壶。"投壶，在古代宴饮中十分普遍，且有着悠久的历史，不仅是宴席上的一种助兴游戏，而且是一种正规的待客礼仪。其规则为，宾主双方轮流以无镞之矢投于壶中，每人四矢，多中者为胜，负方饮酒作罚。

曲水流觞。永和九年（353）三月初三，会稽内史、"书圣"王羲之宴请亲朋谢安、孙绰等四十二人，在兰亭修禊后，举行饮酒赋诗的"曲水流觞"活动。在兰亭清溪两旁，大家席地而坐，将倒满了酒的杯子放在溪水中。酒杯随上游之水缓缓而下，经过弯弯曲曲的溪流，在谁的面前打转或停下，谁就要即兴赋诗并饮酒。此后，曲水流觞这种游戏便流传开来，并且深受文人墨客的喜爱。不过，这种游戏由于受到地理条件的限制，不是在什么地方都能进行。

听乐赏曲。《周礼·天官·膳夫》载："以乐侑食，膳夫受祭，品尝食，王乃食。卒食，以乐彻于造。"奏乐助兴，这在古代的宴席间十分平常，大家一边吃饭，一边喝酒，一边听音乐，好不快乐！

古代官员的房子情结

“安得广厦千万间，大庇天下寒士俱欢颜，风雨不动安如山。”这是杜甫居住于成都，其茅屋为秋风所破时发出的深深感叹。有房才有家，有家才会有温暖。拥有一座遮风避雨的房子，既是杜甫的梦想，也是天下人的梦想。自古以来，房子都是人们心中的难题，成为每个人生命中不可承载之重。

在古代，一般的官员或廉洁的高官是不敢奢望在城市里有房子的。这主要受两个因素的影响：一是朝廷的相关政策和规定，一是自己微薄的收入状况。

在中国的许多朝代，政府都明文规定，凡做官者，不能在自己的家乡任职，不能在同一个地方长期任职，违者将会受到严厉的惩罚。因此古代的官员只能四处宦游，过着居无定所的日子。在这样的情况下，即便有钱买房，但买来又有何用呢？于是，为了方便办公，也为了省去两地奔波的麻烦，许多官员直接将家眷安排在了配套设施齐全的官邸。官邸虽好，但那也只是一个暂住之所，随着任期的结束，居住的权限也随之结束。

南宋为了防止官员腐败，朝廷还特别颁布了一条法规：各级地方官员在离职后，三年内不得在任职地居住，如果在当地有亲属或财产，三年以后也不得居住，违者处以一年有期徒刑。有了这项规定，你就是买了房，也只能眼巴巴地望着，而不能住进去。

其次，普通官员的薪水太低，除了日常开销，孝敬父母，养儿育女，基本上没有什么盈余，又哪来闲钱购房呢？而且在唐朝中期及以前，官员退休后都没有养老金（享有封地和皇帝特诏的除外），无论你之前担任什么要职，领多少俸禄，一旦离职，朝廷就会停发俸禄，你也不再享有任何特权，跟一般老百姓无异。即便到了唐朝末期，退休的官员可以享受到政府发放的养老金，但其金额远不如在职时，买房仍然是一个大难题。唐朝宰相李日知退休后，因无钱购房，只得搬到乡下居住。宋朝宰相杜衍则更惨，因为一生不曾置私产，退休后没有自己的住宅，只能借住在车院（教习驭车技艺的单位，类似今天的驾校）里。

不过，也有人为了撑面子，自不量力，甘愿做房奴的，比如苏轼的弟弟苏辙。他退休后，看到邻居家盖新房，羡慕不已，言："我年七十无住宅，斤斧登登乱朝夕……不如君家得众力，咄嗟便了三十间。"随后，苏辙倾其所有，盖了三间新房。搬进新房那天，苏辙忍不住高兴地说："平生未有三间屋，今岁初成百步廊。"话里话外都有一种扬眉吐气的感觉，可见房子在古人心目中是多么重要！

古代没有国庆节

国庆节是国家制定的用来纪念国家本身的法定假日。每年10月1日，是我们伟大祖国的国庆日。这一天，举国欢庆，共祝伟大祖国越来越繁荣昌盛。那么，古代有国庆节吗？

“国庆”一词，最早出现在西晋文学家陆机的《五等诸侯论》中：“寻斧始于所庇，制国昧于弱下，国庆独飨其利，主忧莫与共害。”不过彼时的“国庆”并非此时的“国庆”，其意义大相径庭。在《五等诸侯论》中，“国庆”是指国家喜庆之事，主要包括历代帝王登基的日子和诞辰日，而并非国家建立的日子。由此可见，我国古代没有真正的国庆节。

我国经历了无数次改朝换代，可为什么就没有国庆节呢？这恐怕跟中国人的生活习惯有关吧。纵观我国的传统节日，多为时令节日，如春节、元宵节、清明节、中秋节、冬至节等，而纪念人物和大事件的节日少之又少。即使像端午节和七夕节这类纪念人物的节日，也是先有节日，再附以传说和故事。翻阅《周礼》《仪礼》和《礼记》等记录礼仪的书籍，也没有发现关于国庆的记载。原来，魏晋南北朝以前，人们都不太重视纪念日，也没有过生日的概念，更谈不上摆酒设宴庆祝了。

关于国庆的由来，大家比较赞同的一种说法是受生日的影响。前面提到，在魏晋南北朝以前，人们都不庆祝生日，那为什么后来又有了过生日的习惯呢？据说这跟佛教有很大的关系。魏晋时期，佛教在中国得到了蓬勃发展。杜牧诗云："南朝四百八十寺，多少楼台烟雨中。"可见，南北朝时期，佛教思想已深入人心。到了唐朝，佛教在中国已达到鼎盛，无论是士大夫，还是普通百姓，有很多人信仰佛教。佛教有许多节日跟菩萨的诞辰一致。比如，佛教最重要的节日四月初八佛诞节，是释迦牟尼的诞辰；正月初二，是弥勒佛的圣诞；二月十九，是观世音菩萨的诞辰；二月二十一，是普贤菩萨的诞辰；四月初四，是文殊菩萨的诞辰……每个节日，佛教信徒都要举行隆重的纪念活动，这种仪式渐渐被民间所接受，并从为神过生日演变成为人过生日。

魏晋之后，人们慢慢有了过生日的习惯。《颜氏家训·风操篇》载："江南风俗，儿生一期，为制新衣……自兹已后，二亲若在，每至此日，尝有酒食之事耳。无教之徒，虽已孤露，其日皆为供顿，酣畅声乐，不知有所感伤。"生日这天，父母要为孩子置办一身新衣，要准备一桌丰盛的酒菜，即便父母不在了，每逢生日，自己也要大吃一顿，以示庆贺。

到了唐朝，李隆基则把自己的生日固定下来，作为国家的法定节假日，名为"千秋节"。这一天，皇帝大赦天下，普天同庆，王公贵族欢聚一堂，黎民百姓把酒言欢，场面好不热闹，人们好不快活。这有点类似于现在的国庆节，不过主题仍然是围绕皇帝的生日展开的。从那以后，历代皇帝争相效仿，而民间也大行贺寿之风。

民国时期，出现了"双十节"，即"国庆节"，主要是为了纪念辛亥革命的爆发和中华民国的成立。新中国成立以后，中央人民政府把每年的10月1日定为"国庆节"。

从"国庆节"的演变，我们可以看到时代的变迁、社会的进步。如今的国庆节，已不再是庆祝某个皇帝的生日或登基的日子，而是国家的生日、老百姓的节日。

古人的仇富心理

孔子说：“不患寡，而患不均。”意思是说，不担心分得少，而是担心分配得不均匀。在春秋战国时期，虽然物质条件十分落后，但人们已经有了仇富心理。究其原因，主要是一些当权者飞扬跋扈，肆意掳夺，将大量的财富据为己有。一边是酒池肉林，歌舞升平；一边是饿殍载道，民不聊生。孔子认为贫富差距悬殊，可能使社会动荡不安，甚至分崩离析。

北宋，人们的仇富心理似乎进一步加剧了。淳化四年（993），四川爆发了一起大规模的农民起义，首领王小波提出的口号是：“吾疾贫富不均，今为汝均之。”他的“均贫富”思想，得到了广大贫困农民的支持和拥护，大家群起响应，差点撼动了宋王朝的政权。后来的太平天国起义，仍是因为分配的不公，因此洪秀全才提出“凡天下田，天下人同耕”的原则。

而众多的文学作品也将仇富心理演绎得淋漓尽致，其中最具有代表性的就是施耐庵的《水浒传》。在《水浒传》中，梁山的英雄豪杰们，个个疾恶如仇，杀富济贫，常常将贪官污吏、地主豪绅家的钱财抢来，分发给那些贫苦的百姓。他们成了正义的化身，他们的所作所为让人拍手称快。

尽管“等贵贱，均贫富”一直是天下百姓的梦想，可是历朝历代仍有不少的富人和权贵。大家不可能都像王小波和洪秀全那样揭竿而起，打倒

巧取豪夺的官吏和豪绅。于是，人们有了仇富心理，你有钱怎么样，我同样看不起你,同样憎恨你！正是基于这种仇富心理，所以一些文学作品时常出现劫富济贫的侠客和英雄。

在奴隶社会和封建社会，仇富与仇官往往是一对形影不离的双胞胎，因为那时有钱的人几乎都是高官与贵族，权力相当于金钱的一个代名词。官员们的贪婪与腐败、剥削与压榨，使得普通百姓生活艰难，怨声载道。老百姓对他们恨之入骨，视如寇仇。渐渐地，这种仇官心理就有了仇富的成分。

从很大程度上讲，仇富心理是不合理的社会制度和分配制度的产物。因为有了贫富悬殊，所以老百姓才有了仇富心理。当然，老百姓并不是仇视一切富有的人，而是仇视那些利用不正当手段致富的人和那些“为富不仁”的人。对那些关心民生疾苦的富人，老百姓则充满了感激和尊敬。

古代"剩女"伤不起

在现代，我们听到"单身贵族""剩男""剩女"这些词汇，也许并不觉得有什么奇怪的，因为结不结婚、什么时候结婚完全是个人的选择。在古代，如果适龄青年还未结婚，不仅父母脸上无光，而且会遭到政府的限制，甚至处罚。

俗话说："男大当婚，女大当嫁。"意思是到了一定的年龄阶段，男子应该娶妻生子，而女子则应该找个对象嫁了。

在我国古代，结婚不仅仅是个人的事情，还关系到国计民生、社会和谐稳定，因此，各个朝代都明确规定了男女青年结婚的年龄，并通过立法手段，强制人们结婚生子。

战国时期，越国律例规定：年满 20 周岁的男子必须婚娶，年满 15 周岁的女子必须出阁。汉朝律例规定：年满 15 周岁的女子，若尚未婚配，最高可处以 600 钱的罚款。唐朝律例规定：男子年满 20 周岁，女子年满 15 周岁，若不娶不嫁者，将受到法律的处罚。宋朝律例规定：男子 15 岁而娶，女子 13 岁而嫁。明朝律例规定：男子 16 岁而娶，女子 14 岁而嫁。大清律例规定：男子 16 岁而娶，女子 14 岁而嫁。

从以上规定我们可以看出，无论是古代的男子还是女子，他们的结婚年龄都比现在的明显偏小。这是什么缘故呢？难道古人都比较早熟吗？答案当然是否定的。

这其中主要有三个原因：一、古代讲究人丁兴旺，家中人口越多，就显示这个家族的力量越强大，在其他人心目中的地位也越高，而且中国的父母几乎都有早抱孙子的念头，儿女早完婚，也是他们的一大心愿；二、古人的寿命很短，为了繁衍后代，繁荣社会，不得不让年轻人早些结婚生子；三、古代的科技、医疗和生产力不发达，加上战争和自然灾害频发，工农业生产和军队建设对人口的依赖很大，尤其是统治阶级，为了维护自己的利益，他们需要大量的人建造宫殿和镇守边关等。

同时，古代的帝王还认为，阴阳平衡是社会稳定的重要因素，男有妻，女有家，是每个人的诉求。

政府之所以想方设法地促成人们早日完婚，不允许有单身贵族、剩男和剩女的存在，就是因为统治阶级认识到了人口的重要意义。为了让适龄青年早日结婚，政府还专门成立了一个相当于现在的婚介所的机构，如果谁家有女嫁不出去，谁家有子娶不到老婆，只要在这个机构备个案，政府就会充当官方红娘，出面牵线搭桥。

儒家经典《周礼》载："媒氏，掌万民之判。"其中的"媒氏"，就是让男女青年找到另一半的官媒。三国时期，由于战乱频繁，官媒遍布全国各地，连偏远山区也有。而到了元朝，国家虽然废除了官媒，但要求地方各级政府委托民间相关人员成立婚介机构。

古代痴情男

我国历史上痴情的女子很多，如孟姜女、杜十娘、霍小玉、唐婉儿等，痴情的男子却很少。尾生便是历史上一个少有的痴情男，他为了不失约，竟然站在桥下直至被水淹没。

据《史记·苏秦列传》记载，春秋战国时期，有一个名叫尾生的年轻人，爱上一位美丽的女子。

一天，他和心上人相约在蓝桥下见面。尾生十分欢喜，早早地就来到桥下等待。蓝桥本是一座旱桥，下面并没有水。尾生站在桥下，目不转睛地注视着不远处的一条青石小径，他的心怦怦直跳，他知道，过不了多久，他心爱的姑娘就会沿着这条小径款款而来，然后他们互诉衷肠。那是一件多么美好和幸福的事啊！想着，想着，尾生仿佛听到了心上人的裙袂抚过蓟草的声音，仿佛看到了心上人婀娜的身姿，仿佛嗅到了心上人独特的气息。

也不知过了多久，黑云压城，一场暴风雨即将到来，可是心上人迟迟不来。尾生望望天空，不禁心生畏惧，看样子这场雨一定不小，还是先找个地方躲躲雨吧。但他一抬头，看到了那条熟悉的青石小径，他一下子改变了主意。他心想：要是自己走了，而心上人来了，她找不到自己，那该多失望啊！更重要的是，也许她还会由此认为自己是一个不守信用的人，不值得托付终身，还是等她来了再说吧！于是，尾生站在桥下，静静地等待着。

不一会儿，一道耀眼的闪电划过天边，接着便听到了一阵震耳欲聋的雷声，尔后豆大的雨点从天而降，顷刻间就淋湿了他的衣服。但大雨并没有吓退尾生，他下定决心，就是天上下刀子，也不会离开这里半步。

瓢泼大雨倾泻而下，敲打着周围的树木，敲打着头顶上的桥面，敲打着不远处小径上的青石板。眼见雷声越来越烈，风越刮越大，雨越下越密，尾生凝视着不远处的那条青石小径，脸上毫无惧色。

不久，大雨汇聚成流，从高处滚滚而下，很快就淹没了尾生的双足，可他心爱的姑娘仍然没有到来。尾生伫立在风雨中，一动不动地凝视着不远处的那条青石小径，他的心中充满了期待。过了一会儿，洪水淹没了尾生的双膝，可他心爱的姑娘还是没有到来。尾生没有离开，他专注地凝视着那条青石小径。又过了一会儿，洪水淹没了尾生的腹部，为了不让洪水把自己冲走，尾生死死地抱住一根柱子。随着时间的推移，洪水一寸寸地漫到了尾生的喉咙、下巴、嘴唇、鼻尖，在洪水淹没尾生的双眼时，他仍定定地望着不远处的那条青石小径。最后，尾生抱着柱子淹死在了桥下。

两千多年过去了，虽然尾生消失在了历史的烟云中，但他的痴情和守信仍深深地打动着人们的心。

古代的“空调房”

夏日炎炎，酷暑难耐，即便坐着不动，也会热得一身汗。生活在当下的我们是幸福的，因为只要待在空调房里，整个夏天如沐春风，一点儿也不觉得难受。古时候没有电扇，也没有空调，故人是如何度过酷热的夏天的呢？

原来古代也有“空调房”。《唐语林》载：“玄宗起殿……时毒方甚。上在凉殿，座后水激扇车，风猎衣襟。……四隅积水帘飞洒，座内含冻。”文中提到的“凉殿”，就是古代的“空调房”，从“风猎衣襟”和“座内含冻”不难看出，屋里空气流通，十分凉爽，并不亚于如今的空调房。

古代的“空调房”主要有两种制冷方式：一种是水冷，一种是冰冷。水冷，就是利用冷水循环达到制冷的目的；而冰冷，则是直接利用冰块来调节室内的温度。

水冷起于唐朝，流行于官宦阶层，其方式有两种：一种是利用机械设备（类似于水车）转动扇轮，将凉气送入屋中，以达到制冷的目的，屋外一般都建有蓄水池；另一种是将水抽到屋顶，再让其沿着屋檐流下，形成人造水帘，从而达到局部降温的目的。唐朝诗人张仲素曾作诗赞曰：“甘泉将避暑，台殿水光凝。”

到了宋朝，这种“空调房”则更加奢侈，《武林旧事》载：“禁中避暑，多御复古、选德等殿，及翠寒堂纳凉。长松修竹，浓翠蔽日，层峦奇岫，静窈萦深，寒瀑飞空，下注大池可十亩。池中红白菡萏万柄，盖园丁以瓦盎别种，分列水底，时易新者，庶几美观。又素馨、建兰、麝香藤、朱槿、玉桂、红蕉、阇婆、薝葡等花数百盆于广庭，鼓以风轮，清芬满殿……闻洪景卢学士尝赐对于翠寒堂，三伏中体粟战栗，不可久立，上问故，笑遣中贵人以北绫半臂赐之，则境界可想见矣。”宋朝的凉殿基本上沿袭了唐朝的方式，只是规模更大，占地更广，设施更全，还在蓄水池和房子周围栽种或放置了无数花草，使得屋中之人不仅能感受到夏日的清凉，而且能嗅到花儿的芬芳。

此外，还有人利用井水散发的凉气来调节室内的温度，以达到消暑的目的。明人高濂在《遵生八笺》中写道：“霍都别墅，一堂之中开七井，皆以镂刻之，盘覆之，夏日坐其上，七井生凉，不知暑气。”这让人不得不佩服古人的智慧，虽然这种原始的“空调”比不上现代的空调，但在低碳、节能、环保方面绝对顶呱呱。

至于冰冷，在我国有着悠久的历史，早在春秋以前就被贵族们广泛使用，并且一直延续到了民国时期。《诗经·豳风·七月》载：“凿冰冲冲”“纳于凌阴”。“凌阴”就是古代的藏冰室，人们在冬天取天然的寒冰，贮存于冰窖中，等到夏天再取出来使用。

历史上最有名的冰冷“空调”可能要数杨国忠家中的人造冰山。《开元天宝遗事》记载：“杨氏子弟，每至伏中，取大冰使匠琢为山，周围于宴席间。座客虽酒酣而各有寒色，亦有挟纩者，其骄贵如此。”

古代身份证

身份证是人们出门办事所必备的物品之一，无论是坐火车、住酒店，还是开户、进厂等，都需要身份证。可以说，没有身份证，我们几乎寸步难行。既然身份证如此重要，那么它起源于何时？古代人有身份证吗？

身份证其实早在春秋战国时期就已经出现了。商鞅变法时，秦国推出了“照身帖”，以验证秦人的身份，防止间谍入侵。所谓“照身帖”，就是一种经过打磨的竹块，上面刻着持有人的相关信息，诸如头像、籍贯等，跟我们今天使用的身份证十分相似。

汉和隋基本上沿袭了秦时的制度，用“竹使符”作为官员的身份证明。而到了唐朝，李渊对“身份证”进行了改革，发明了“鱼符”。《新唐书·车服志》载：“附身鱼符者，以明贵贱，应召命。”可见，“鱼符”一方面代表了一个人的身份和地位，另一方面也方便皇帝召见时验明正身。“鱼符”形若鱼状，上面凿有小孔，可以随身佩戴，背面刻着官员的姓名、任职衙门及官位品级等。根据官员的职位大小，“鱼符”所采用的材质也不一样，亲王和三品以上的官员，使用的“鱼符”为黄金制造的；三品以下、五品以上的官员，使用的“鱼符”为白银制造的；六品以下的官员，使用的“鱼符”为黄铜制造的；而地位更低的，则为木头制造的。“鱼符”通常分为左右两块，左符放在内廷，作为存根；右符交由官员使用，具有一定的防伪作用。同时，五品以上的官员还配有“鱼袋”，专门用来装“鱼符”，也可作防伪之用。武则天称帝后，将“鱼符”改为了“龟符”，但其作用并未改变，同样分为三等：金龟、银龟和铜龟。使用金龟者为三品以上官员，地位非常高，“金龟婿”一词就是由此而来的。

到了宋朝，赵匡胤嫌“鱼符”太麻烦，索性废弃了，官员直接使用“鱼袋”，以上面的金银饰品及颜色区分官级，以“金紫”和“银绯”为贵。

到了明朝，官员的“身份证”又发生了变革，开始使用轻便、美观的“牙牌”。“牙牌”一般是用象牙、兽骨、木材、金属等制成的片状物，上面刻有持牌人的姓名、职务、履历以及所在的衙门等相关信息。陆容的《菽园杂记》载：“凡在内府出入者，无论贵贱皆悬牌，以避嫌疑。”此时的“身份证”已不仅仅限于官员使用，其他出入内府的人也必须佩戴。

到了清朝，官员的“身份证”又变为了顶戴花翎，其帽珠用宝石、珊瑚、水晶、玉石、金属等制成。一品为红宝石，二品为珊瑚，三品为蓝宝石，四品为青金石，五品为水晶，六品为砗磲，七品为素金，八品为阴纹镂花金，九品为阳纹镂花金，无顶珠者无官品。

除此之外，一些特殊的从业者也有“身份证”，比如僧人有“戒牒”和“度牒”，凭此可以化缘和筹善款。

当然，古代的“身份证”并非真正意义上的身份证，真正意义上的身份证诞生于1936年，那是宁夏省政府制定的“居民证制度”。该“居民证”用白布做成，长7厘米，宽3厘米，上面写有持有人的姓名、年龄、籍贯、职业、身高、面貌以及手纹箕斗形状等，是我国最早使用的居民身份证。

身份证的演变过程，显示了时代的变迁、社会的进步。如今的身份证，已不再是特权者的专属，而是普通老百姓的一个身份证明。

趣说“老公”

对于“老公”这个称呼，可谓家喻户晓，年轻女性都喜欢这样亲热地叫自己的丈夫，不管是在人前还是人后，都不觉得有什么不妥。因为大家认为这个称呼不仅亲切顺口，而且能表达一种恩爱之情，何乐而不为呢？可是，如果女性朋友知道了这个词语在古时所代表的意义后，或许就很难叫出口了。

“老公”这个称呼并非现代词，也非舶来词，而是一个在中国存在了上千年之久的古老词汇。不过，这个词最早不是代指丈夫，而是代指太监。大家看到这里，一定会瞠目结舌，难以置信，丈夫和太监，风马牛不相及，两者怎么会联系在一起呢？

我们都知道，古时候太监被称为“公公”，而中国人特别喜欢在称谓前面加个“老”字，比如，称官家和财主为“老爷”，称有文化的人为“老师”，称兽中之王为“老虎”，称关系比较好的人为“老张”“老王”“老李”等。自然，在公公的前面加个“老”字，就成了“老公公”，简称“老公”。《红楼梦》第八十三回载：“门上的人进来回说：‘有两个内相在外，要见二位老爷。’贾赦道：‘请进来。’门上的人领了老公进来。”《官场现形记》第九回亦载：“他就立刻进京，又走了老公的门路。”《枣林杂俎》中也谈到李自成进京“打老公”一事。由此可见，“老公”就是太监的一个代名词。

既然如此，那后来“老公”为何又演变成了“丈夫”呢？相传，这跟一个名叫麦爱新的读书人有关。

麦爱新考中功名后，开始嫌弃人老珠黄的妻子，想要纳一个年轻漂亮的小妾。麦爱新向来喜欢舞文弄墨，于是他将自己的想法寄托在了一副对联中，其上联为：“荷败莲残，落叶归根成老藕。”麦爱新还没来得及写出下联，就被妻子发现了。麦爱新的妻子也是一个才女，她见丈夫如此喜新厌旧，心中十分不平，于是提笔续了下联：“禾黄稻熟，吹糠见米现新粮。”下联对得十分工整，“禾黄”与“荷败”相对，“新粮”与“老藕”相对，“糠”映射了糟糠之妻，“新粮”与“新娘”谐音，短短数字，就将麦爱新的丑陋面目暴露无遗。麦爱新读后惭愧不已，便断了纳妾的念头。妻子见丈夫回心转意，十分欢喜，不由得再作一联以示表扬：“老公十分公道。”麦爱新笑而对之：“老婆一片婆心。”一时间，麦爱新与妻子的故事在民间传为佳话，“老公”和“老婆”这两个词也不胫而走，成为了丈夫与妻子的别称。

当然，“老公”“老婆”这个称呼在古代并未广泛流行，只是偶尔出现在一些文学作品中。比如，《京本通俗小说·错斩崔宁》载：“你在京中娶了一个小老婆，我在家中也嫁了个小老公。”《水浒传》第五回载：“那大王叫一声：‘做什么便打老公？’鲁智深喝道：‘教你认得老婆！’”

将丈夫唤作“老公”是从民国开始流行的。那时，受西方文化的影响，一些追赶时髦的香港女性将自己的丈夫叫作“老公”，其他人听着很新鲜，争先恐后地效仿，于是“老公”“老婆”这两个称呼在港、澳、台迅速蹿红，随后流行于全国范围。时至今日，“老公”“老婆”已名正言顺地取代了“丈夫”与“妻子”，而人们也很少再去追究它们的来源。

趣说“王八蛋”

众所周知，“王八蛋”是一句骂人的话。如果有人这样骂你，你绝对会跟他急，甚至大打出手。当然，正常情况下人们也不会轻易用这句话，除非对方确实令人深恶痛绝。“王八蛋”这个词汇有如此大的杀伤力，那么它是从何而来的呢？

据说，“王八”的说法源于“忘八端”。人们把孔子的德育思想归纳为八端，即孝、悌、忠、信、礼、义、廉、耻。道德败坏的人就是忘了这八端，简称“忘八”，“忘”与“王”谐音，于是衍生出了“王八”。

北宋文学家欧阳修是见于史载的第一个用“王八”骂人的人。他在《新五代史》中写道：“王建少时无赖，以屠牛盗驴贩私盗为事，里人谓之贼‘王八’。”

那么“王八”又是如何演化为“王八蛋”的呢？从字面意义来看，“王八蛋”就是乌龟下的蛋。可能有人会说，乌龟下蛋是一件十分寻常的事，人们为什么要将它与骂人联系在一起呢？

原来，古时候的科学不发达，人们误认为雄性乌龟没有交配的能力，而雌性乌龟要延续后代，就必须与蛇交配。因此，龟蛋属于雌性乌龟与蛇产下的“野种”，而非雄性乌龟的孩子。于是，有人望文生义，称那些与人私通的男人为“王八”，称他们生下的孩子为“王八蛋”。由此可见，骂人“王八蛋”是非常恶毒的。

在中国历史上，有关“王八蛋”的故事不计其数，其中最为动人的可能当数樊燮刻牌训子。

晚清时期，零陵总兵叫樊燮。有一次，他被派往四川追剿太平军。临行前，他特地来到巡抚衙门，向骆秉章告别。樊燮仗着自己是湖广总督官文的亲戚，平常横行霸道，目中无人，除向抚台骆秉章行礼外，没和任何一个人打招呼。当时左宗棠正好在骆秉章的身边当师爷，他见樊燮丝毫没将他放在眼里，十分生气，便大声地骂道："王八蛋，滚出去！"樊燮哪里受过这种气，他立刻差人向咸丰皇帝告了左宗棠一状。谁知左宗棠在京城里有胡林翼和曾国藩这两座靠山，结果樊燮不但告状不成，反被革职查办。

回到老家恩施后，樊燮悲愤难当。为了让子孙后代记住这个耻辱，樊燮在正屋的侧面修建了一座角楼，并把左宗棠骂他的"王八蛋，滚出去"这六个字刻在一块木板上，放在供奉祖宗灵位的牌子下面，名为"洗辱牌"。不仅如此，樊燮还给他的两个儿子穿上了女装，要求他们考上秀才，方能脱去女式外衣；考上举人，方能脱去女式内衣；考上进士，方能烧掉洗辱牌。在严厉的教育下，樊燮的儿子樊增祥（其兄早夭，未能成才）果然不负众望，先后考中秀才、举人、进士，随后又点了翰林，一直做到江宁布政使，权署两江总督，晚年还任过京剧大师梅兰芳的文词老师。

左宗棠的一句"王八蛋"让樊燮记了一辈子，也让樊燮的儿子不惜奋斗终生。

千古柔情一把扇

扇子在我国有着悠久的历史。《尔雅》载："以木曰扉，以苇曰扇。"最早的扇子用苇做成。

晋代许恂诗云："良工眇芳林，妙思触物骋。篾疑秋蝉翼，圆取望舒影。"这种扇子是圆的，精巧别致。

唐朝诗人张祜在《赋得福州白竹扇子》中写道："金泥小扇谩多情，未胜南工巧织成。藤缕雪光缠柄滑，篾铺银薄露花轻。"这种扇子用白竹制成，做工精细。

我国素有"制扇王国"的美称，早在商朝就有了扇的雏形，但那时的扇子不叫"扇"，而叫"翣"，并且不是用来纳凉的，乃帝王、王后障风蔽日所用。由侍者手执，象征着权力与地位，后来演变为一种仪仗，因此这种扇子也称"仪仗扇"。阎立本的《步辇图》就形象地描绘了这一情景：唐太宗坐于辇上，九个宫女有的抬辇，有的扶辇，有的持扇，有的打伞。这里的扇就是仪仗扇。

直至西周时期，扇子才真正作为一种纳凉的工具进入人们的视线。王子年的《拾遗记》载：周昭王命人用青凤、丹鹊的翅和尾制作了四把扇子，分别取名为"游飘""条翮""亏光""仄影"，然后让宫女为他扇扇子，果然凉爽无比。渐渐地，这种扇子流传开来，成为人们夏日纳凉的工具。

发展到后来，扇子不仅仅作为一种纳凉的工具，更有了多重的身份和意义。裴启的《语林》载："诸葛武侯与宣王（司马懿）在渭滨将战……武侯乘素舆，葛巾，白羽扇，指挥三军。"一把羽扇，让诸葛亮显得沉稳自信，风流倜傥。此处扇子成了智慧儒雅的象征。

《晋书·王羲之传》载："王羲之在蕺山时，一老媪持六角竹扇以卖，羲之书五字于扇上。媪初有愠色，羲之曰：'但言右军书，求百钱。'人竞买之。"王羲之在扇子上写了几个字，然后让老妇拿去卖，结果扇子身价倍涨，供不应求。从晋朝开始，一些文人雅士就喜欢在扇面上吟诗作画，以此抒情达意，或作为礼物赠予他人。历史上出了不少画扇佳作，如周之冕的《竹雀扇》、唐寅的《枯木寒鸦扇》、沈周的《秋林独步扇》等。这时的扇子已成为值得珍藏的艺术品。

西汉女辞赋家班婕妤的《怨歌行》中记："新制齐纨素，皎洁如霜雪。裁为合欢扇，团团似明月。出入君怀袖，动摇微风发。常恐秋节至，凉飙夺炎热。弃捐箧笥中，恩情中道绝。"在班婕妤的眼里，女人就好比一把扇子，需要时，就出入怀袖，被人捧在手心；而过了夏天，不再需要时，就被弃置箱中，无人问津。由此，扇子成了弃妇的象征。

唐人王建在《调笑令》中云："团扇，团扇，美人并来遮面。玉颜憔悴三年，谁复商量管弦。"一把团扇，既展现出了宫廷歌女的千娇百媚、柔情似水，又映射出了她们的痛苦无奈。

《水浒传》中载："赤日炎炎似火烧，田里禾苗半枯焦。农夫心里如汤煮，公子王孙把扇摇。"一把扇子将农民和王孙公子的不同心态展现得淋漓尽致，也将封建社会的阶级矛盾暴露无遗。

一把小小的扇子既承载了中国上下五千年的灿烂文明，又讲述了一段段凄美动人的故事。

皇帝也攒“私房钱”

攒“私房钱”，在现在看来算不上一件新鲜。如果说老百姓攒“私房钱”情有可原，那么皇帝攒“私房钱”，就让人有些匪夷所思了。古话说，“普天之下，莫非王土”，天下的一切财富都是属于皇帝的，他们攒“私房钱”来干什么呢？

自古以来，还真没有哪个皇帝不攒“私房钱”，并且数目都大得惊人。原来，皇帝虽享有至高无上的权力，但在财政上，他们向来是公私分明的，国家的钱是国家的，皇帝的钱是皇帝的。为了支撑皇族骄奢淫逸的生活，皇帝没点家底哪行呢？不管是皇帝、皇子、皇孙，还是宫中嫔妃，往往挥金如土，财政划拨的那点银子哪够他们花的呢？况且皇帝为了显示自己的尊贵地位，吃喝用度哪一项不是高标准，而这些都需要大量的钱财。尽管皇帝可以随意从国库中提取金钱，但他们并不想受制于人，还是觉得钱放在自己口袋里放心些。

皇帝有了“私房钱”，可以防患于未然，以应对不时之需。当发生战争或灾荒时，皇帝就得将自己的“私房钱”拿出来，稳定军心，维持国家正常运转，以渡过眼前的危机，等国家的元气恢复后，再从国库里把之前贴出去的钱提出来。这有点像我们今天的借贷，只不过债权人是皇帝。这正是皇帝的聪明之处，因为谁都无法预料，将来会不会发生战争和自然灾害。但一旦发生，将会有一笔庞大的开支，如果不能应对，势必会出乱子，影响到自己的统治地位。所以，皇帝不得不防，攒些“私房钱”总是没错的。

同时，皇帝还可以用“私房钱”笼络下属，巩固自己的统治地位。皇帝必须收买一大批为自己效命的人，而最常用的手段就是赏赐下属钱物。尤其是非常时期，皇帝的“私房钱”往往显示出它的重要作用。

那么皇帝的“私房钱”是从何而来的呢？这主要有以下几个途径：

一、从税赋中提取。比如，西汉明文规定，14 岁以上成年人的人头税、卖官鬻爵的收入、田赋、盐铁专卖的收入都归国家所有，而土贡、山泽园池的出产、关税酒税的收入，则归皇帝所有。

二、直接从国库盈余中转移。比如，宋朝专门设立了一个机构——内库，也叫“封桩库”，即把每年节余的国家财政直接转移到这个库里，以充当皇帝的“私房钱”，美其名曰“财政准备金”。

三、直接从国库中提取。比如，明朝皇帝往往直接将手伸向国库，动辄从国库中提取数十万两、数百万两银子，然后挪到自己的小金库——内库。

四、通过买卖获取“私房钱”。比如，汉灵帝为了个人创收，竟公开卖官，且明码标价。

秦军士兵不戴头盔

凡是到秦始皇陵参观过兵马俑的人，可能会发现一个奇怪的现象，兵马俑中的所有士兵都没有戴头盔，身上穿的铠甲也十分简单，这是什么缘故呢？

在冷兵器时代，头盔和铠甲的作用十分重要，它们能很好地保护士兵的身体。那作为一支统一六国的强大兵团，秦军士兵为何都不佩戴头盔？是因为秦国太穷，抽不出军费，还是因为秦始皇和他手下的将军没有意识到这一点呢？

考古学家和历史学家研究发现，原来其中另有原因。秦国起初居于东海一隅，土地稀少贫瘠，还时常受到其他大国的排挤和打压。为了生存，他们不得不使自己强大起来，因此秦国人都很崇尚武力，并逐渐成为一种精神力量。而秦军士兵不戴头盔，就是为了在战场上彰显自己的英勇与无畏，在气势上压倒对方。

这一点在古代的许多著作中都能得到印证。《韩非子》说："秦人听说要打仗，就顿足赤膊，急不可待，根本就无所谓生死。"司马迁的《史记》也说："战场上的秦军竟然袒胸赤膊，索性连仅有的铠甲也脱掉了。"

因为秦人尚武，所以作战十分勇猛。他们认为一场战争的胜利，不在于保护身体的物件如何，而在于作战的士兵是否将生死置之度外，是否全力以赴。不戴头盔，就是不给自己任何退缩的借口。要想活命，就只能不顾一切地往前冲，这有点“置之死地而后生”的味道。

当时有人这样描述秦军：“他们光头赤膊，奋勇向前，左手提着人头，右胳膊下夹着俘虏，追杀敌军士兵，六国的军队和秦军相比，就像鸡蛋碰石头。”可以说，秦军士兵只要一上战场，人人都成了拼命三郎，沉重的头盔反而妨碍了他们作战。据一些考古学家证实，秦军的武器装备远远落后于同一时期的其他国家，他们制胜的法宝就是拼命。

当然，秦军如此拼命杀敌的原因还在于秦国的赏赐制度。当时，商鞅颁布了按军功赏赐的二十等级制度。

秦法规定：凡秦国士兵斩得一个敌人的首级，就可以晋升爵位一级，获得田宅一处和仆人数个。如果一个士兵在战场上斩获两个敌人的首级，他做囚犯的父母就可以立即成为自由人；如果他的妻子是奴隶，就可以直接转为平民。

不仅如此，秦法还规定，秦军士兵的军功爵位可以传袭，如果父亲战死沙场，他的功劳可以记在儿子头上。可谓一人获军功，全家皆受益。

这样优厚的赏赐，有谁不动心？有谁不拼命呢？正是凭借这一有力措施，秦军战无不胜，攻无不克，横扫六国，北击匈奴，南攻蛮族，一统天下。

魏晋的清谈之风

清谈，是一种就玄学问题进行分析、推理、问难、辩论的文化现象，承袭于东汉的清议之风。刘禹锡诗云：“清谈如水玉，逸韵贯珠玑。高位当金铉，虚怀似布衣。”元好问亦云：“新诗互酬唱，清谈见滋味。”清代赵翼的《廿二史札记》记载：清谈之风盛行于魏晋时期，乃当时的贵族名士何晏、王弼所创，他们都是玄学大师，其思想影响深远，成为一代风气。

随着东汉王朝的分崩离析，士大夫们厌倦了两汉经学的烦琐枯燥、谶纬神学的怪诞肤浅以及三纲五常的陈词滥调，他们开始转向哲学意义的命题，围绕《周易》《老子》《庄子》等玄妙深奥的著作展开辩论，称之为“清谈”（也叫“玄谈”）。

魏晋多风流名士，尤以“竹林七贤”为代表，他们喜欢谈玄论道，交流心得。于是，大家趋之若鹜，争先效仿，一时间，清谈成了一种时髦的活动，无数文人视之为高雅之事、风流之举。

清谈一般都有交谈的对手，有时为两人，有时为三人，有时为多人，大家一边喝茶饮酒，一边畅所欲言。清谈的内容主要涉及有与无、生与死、动与静、名教与自然、圣人有情或无情、声有无哀乐、言能否尽意等形而上的问题。在交谈过程中，主客相对而坐，一方针对主题内容提出自己的观点，而另一方则加以辩驳，推翻对方的观点。这有

点像我们现在的辩论会，只不过清谈显得更为高雅，文化氛围更浓。

清谈的场面往往十分热闹、激烈，主客双方针锋相对，你不让我，我不让你，都想将对方驳倒。激动时，他们面红耳赤，手舞足蹈；沉醉时，他们口吐粗言，忘乎所以。结束时，若主客双方达成一致，则握手言和；若各执一词，则下次再论，直到对方输得心服口服。一次成功的清谈往往令人神情振奋、废寝忘食、流连忘返。当然，清谈不仅是一种交流的手段，也是一种抒发情怀、展现自我才华的方式。通过清谈，一个人的学识气度，一目了然。

魏晋时期清谈成风，一盏清茶，一杯醇酒，便可以海阔天空地谈论不休，就连女性和小孩也参与其中。有一次，王献之与人谈论诗文，窘于应对，十分尴尬。而隐于青帘之后的谢道韫忍不住谈兴大发，接着王献之他们的话题，引经据典，侃侃而谈，不到一炷香的工夫，便让客人理屈词穷，甘拜下风。

历史上最有名的清谈盛况当数兰亭聚会。永和九年（353）三月初三，会稽内史、“书圣”王羲之宴请亲朋谢安、孙绰等四十二人在兰亭修禊。群贤毕至，有年轻的，也有年长的，大家在曲水旁边一边饮酒，一边清谈，好不惬意！兰亭聚会是清谈史上的千古绝唱，也是后代文人心中永远的向往。

由于清谈仅为官吏、文人消遣和显示清高的一种方式，于国于民没有多大的意义，于是后人评价说："虚无之谈，尚其华藻，此无异于春蛙秋蝉，聒耳而已。"不过，在今天看来，清谈不失为一种高雅的消遣，怡情又益智，远胜于纯粹的喝酒、打牌。

唐朝人的娱乐

在现代，娱乐的方式可谓五花八门，闲暇之时，人们可以看电影、上网、K歌（唱卡拉OK）、跳舞、搓麻将、斗地主、读报纸、逛公园、练瑜伽、炒股等。而在古代，没有电视，没有电脑，没有网络游戏，没有歌厅、舞厅，没有证券交易所……那么古人是如何打发自己的业余时间的呢？让我们一起走进唐朝，去看看唐朝人是如何娱乐的吧！

蹴鞠是唐朝盛行的一项娱乐活动。有诗云："球不离足，足不离球，华庭观赏，万人瞻仰。"在唐朝，上至皇帝、王公大臣，下至商贾名流、黎民百姓，无不喜欢看蹴鞠、玩蹴鞠。诗人王维在《寒食城东即事》中写道："蹴鞠屡过飞鸟上，秋千竞出垂杨里。"杜甫在《清明》中写道："十年蹴鞠将雏远，万里秋千习俗同。"可见蹴鞠在当时非常受欢迎。蹴鞠又名"蹋鞠""蹴球""蹴圆""筑球"等，起源于春秋战国时期，分为直接对抗、间接对抗和白打三种形式。它类似于现代足球，只是玩法有些不同而已。

弹棋是唐朝流行的一种棋类游戏。王涯在《宫词》中生动地描述道："向晚移镫上银簟，丛丛绿鬓坐弹棋。"傍晚时分，宫女们吃罢晚饭，在竹席促膝而坐，进行对弈。柳宗元在《弹棋序》中曾言："房生直温与予二弟游，皆好学，予病其确也，思所以休息之者。"明朝陈耀文的《天中记》载："唐顺宗在春宫日，甚好弹棋，时有吉达、高绒、崔同、杨同愿之徒悉为名手。”李欣的《弹棋歌》亦云：“崔侯善弹棋，巧妙尽于此……坐中齐声称绝艺。”可见，在当时弹棋成了人们休闲娱乐的一种主要方式。

藏钩也是唐朝流行的一种游戏，每逢聚会饮酒，人们常常以此助兴，调节气氛。晋代周处的《风土记》记载：“藏钩之戏，分为二曹，以较胜负。若人偶则敌对，人奇则奇人为游附，或属上曹，或属下曹，名为‘飞鸟’，以齐二曹人数。一钩藏在数手中，曹人当射知所在，一藏为一筹，三藏为一都……藏在上曹即下曹射之，在下曹即上曹射之。”说白了，藏钩其实就是一种猜有无的简单游戏。游戏时，一曹（组）人悄悄将一小钩（如玉钩、银钩等）或其他小物件攥在其中一人的一只手里，然后由另一曹人猜在哪个人的哪只手里，猜中者为胜。

百戏是唐朝人休闲的另一种方式，起源于汉代，是古代乐、舞、杂技等民间表演艺术的总称，包括杂技、角抵、幻术、游戏等。百戏在唐朝十分流行，宫廷里有专门的百戏班，闲暇时，王公大臣就坐在一起，欣赏歌舞、杂技表演。民间也有许多百戏班，每逢重大节日，或生辰寿诞，人们总要请一个百戏班，热闹热闹，一为庆祝，二为消遣。

吟诗作赋，主要流行于唐朝的文人之间。唐朝是我国诗歌史上的一个鼎盛时期，不少文人墨客都喜欢在空闲时吟诗作赋，以此陶冶情操。当然，也有个别的文人借此向别人展示自己的才华，引起当权者的注意。

被误读的三个典故

一、唯女子与小人难养也

这个典故出自《论语·阳货》，原文为："唯女子与小人难养也，近之则不孙，远之则怨。"意思是说，只有女子与奸诈小人是难以相处的。你与他相近，他就不懂得礼让；你远离他，反而被抱怨。在我们今天看来，这句话带有明显的贬义，表达了对女人和小人的不满与怨恨。

在文中，女子很容易理解，就是指成年的女性；而小人，则是指仆人或下人。于是，一些联想丰富的人坐不住了，他们惊呼："咦！原来孔大圣人也歧视女性和劳动人民。"尤其是一些高举女权主义大旗的人，更是义愤填膺，不由自主地责问孔子："我们女人到底哪里得罪你了？你要这样来诋毁我们。"

事实究竟如何呢？这还得回到孔子所处的时代。据载，鲁定公十六年（479），孔子受邀来到卫国，南子（卫灵公夫人）听说了这件事，便立即命人将孔子召入寝宫。孔子欣然前往，谁知到了之后，南子却摆起了谱，躲在帏帐后面不肯见他，只是礼节性地与他打了个招呼后，就将头上的珠环翠玉弄得叮当直响，不再理会他。孔子一下子意识到自己被南子耍了，她召见自己是假，利用自己的名声抬高她的身份是真。孔子乘兴而去，却败兴而归。于是，孔子愤然离开卫国，并发出一声长叹："唯女子与小人难养也，近之则不孙，远之则怨。"

从中我们不难看出，孔子所说的女子并非代表全天下的女人，而是专指像南子那样骄奢淫逸、胡作非为的宫廷掌权者；小人也不是指一般的仆人或下人，而是指围绕在君王身边的只会溜须拍马的人。由此可见，孔子没有半分蔑视女性和下层人士的想法。

二、以德报怨

我们经常用“以德报怨”这个词来形容一个人品德高尚，不记别人的仇，反而给别人好处。然而，这并非其本意。《论语·宪问》载：“或曰：‘以德报怨何如？’子曰：‘何以报德？以直报怨，以德报德。’”意思就是，孔子的弟子说：“别人欺负了我，我不怨他，还用恩惠去感化他，怎么样？”孔子说：“你不记仇这很好，可别人用什么来报答你的恩惠呢？别人欺负你时，你应该用正义去威慑他；别人对你好时，你也应该对别人好。”从中，我们可以看出，孔子不是教导大家一味地忍让和纵容侵犯你的人，而是根据不同的情况，作出不同的回应。该典故之所以被误读，是因为人们忽略了后面的话。

三、相濡以沫

我们常常用“相濡以沫”这个词来形容夫妻恩爱，感情深厚。然而，这个词的本义并非如此。《庄子·大宗师》载：“泉涸，鱼相与处于陆，相呴以湿，相濡以沫，不如相忘于江湖。”意思就是，一眼泉水干涸了，有两条鱼被搁浅在了沙滩上，为了暂时延续生命，它们不得不相互吐出唾沫来滋润对方。其实，与其彼此抱在一起苟延残喘，不如各自去寻找一条活路，从此相忘于江湖。由此可见，相濡以沫与相亲相爱根本沾不上边，完全是后人臆想的，如果非要将“相濡以沫”用在夫妻关系上，那么它不是祝福夫妻白头偕老，而是劝解夫妻，与其勉强凑合在一起，不如顺其自然，各自去寻找自己新的归宿。因为能够忘记，能够放弃，也是一种幸福。

奇人趣事

崇高的地位令人向往，但如果要以牺牲生命为代价，那拥有再高的地位，也毫无意义；辉煌的事业令人向往，但如果要以牺牲健康与幸福为代价，那拥有整个世界，也毫无意义……人有所为，也有所不为，懂得取舍的人生，才是充满了智慧的人生，才是幸福的人生。

许由拒天下

许由是上古时期的一位贤人。他学识渊博，品德高尚，重义轻利，深受尧的尊敬和赏识。尧曾多次想给许由一官半职，但都被他婉言谢绝了。

有一年，尧的身体有些不适，他以为自己离大限之期不远了，于是想尽快找一位德才兼备的人来接任部落联盟首领，思索良久，尧想到了许由。他即刻派人将许由接到行宫，打算择一个黄道吉日，将部落联盟首领的位置禅让给许由。

见到许由，尧恭敬地说："先生之才德好比太阳和月亮，而尧好比一根微弱的火把。太阳和月亮升起来了，而小火把还不熄灭，它要与日月比亮度，岂不可笑吗？及时雨降下了，还要灌溉田地，对于滋润禾苗，不是徒劳吗？您如果做了部落联盟的首领，天下一定大治。而我还徒居其位，实在是太惭愧了。请先生允许我把首领之位交给您。"

许由很有自知之明，他知道自己无论是德还是才都不及尧。如果自己贸然接受部落联盟首领之位，尧的几个儿子和一帮大臣一定不服，到时恐怕会天下大乱，殃及百姓，自己岂不成了千古罪人？即便尧的儿子能拥戴自己，那也不过是徒有虚名，有什么意义呢？

略加思索后，许由坚定地回答道："如今，天下太平，国富民强，人民安居乐业，这一切都是您的功劳。我要是接替您，岂不是为名而来吗？名，是依附于实的客体，我难道要做有名无实的客体吗？鹪鹩在深林中筑巢，只要一根树枝；鼹鼠饮河水，只要肚子喝饱；厨子虽然不下厨，主祭的人却不应该超越权限而代行厨子的职事。请让我回去吧，天下对于我来说没有丝毫用途。”

尽管许由严词拒绝，但尧执意不允，坚持要让许由继任为部落联盟首领。没办法，许由只好连夜逃出行宫。为了不让尧找到他，许由躲进箕山的密林里隐居了起来。许由的离去，让尧深感痛惜。好在不久后，他就打听到了许由的消息，遂派人前去迎接，既然许由不愿做部落联盟的首领，那就让他做九州长官吧。

使者找到许由，传达了尧的旨意，让他立刻去就任。许由认为自己只适合做一介平民，而不适合做高官，因此他决定不去就任。为了打发喋喋不休的使者，他来到山下，用河水反复清洗耳朵（后来这条河被人们称作“洗耳河”），表示不愿听从。从此，许由隐居山林，直至终老。

使者无功而回，如实向尧禀报。尧只得任由他去，封其为“箕山公神，配食五岳，后世祀之”。

权力和地位是世人所渴慕的，尧让天下是一种胸怀，而许由拒天下则是一种境界，他们两人都是大贤之士，深受后人景仰。

庄子钓鱼

《庄子·秋水》记载了这样一个故事：

一天，庄子来到楚国的属地濮水边钓鱼。正钓得高兴，突然走来两个衣着华贵的人，他们是楚威王派来的使者。

楚威王是一个很有野心的人，向来以恢复楚庄王时代的霸业为目标，四处笼络人才，试图东山再起。待庄子来到楚国后，他认为这是一个千载难逢的机会，如果庄子能为自己效力，何愁霸业不成呢？于是，他立即遣人带着重金赶往濮水，打算聘请庄子做楚国的相国。

两位使者来到濮水之滨，果然看见一位衣袂飘飘的老人正在河边悠闲地垂钓。其中一个使者走上前，恭敬地对庄子说："老先生，您好！我们是楚王派来的特使。楚王久闻先生贤名，欲以国事相许。烦请先生随我们入宫，一起为楚王分忧，为百姓造福。"

使者说完，满以为庄子会放下钓竿，欢欢喜喜地跟他们回去。要知道，楚国可是南方的一个大国，而相国之位又极其尊贵，相当于一人之下，万人之上，这样的美事谁会拒绝呢？

然而，让两位使者意想不到的是，庄子手持鱼竿，不为所动，好一会儿才淡淡地说："我听说楚国有一只神龟，死去已有三千多年，楚王十分珍爱，将它藏在竹箱里，还在上面盖了一层华贵的锦缎，并供奉在庙堂之上，让天下人膜拜。我想请问两位大夫，此龟的地位崇高不？"

使者点了点头说：“那是当然，没有什么动物可以获得如此殊荣。”庄子继续说道：“那我再问两位大夫，如果这只龟具有思想的话，你们认为它是愿意选择死去后留下显赫的名声，还是宁愿做一只普通的龟活在世上，哪怕是在泥塘里拖着尾巴爬行？”两位使者异口同声地说：“当然是选择活着，因为活着比什么都重要。”

庄子微笑着说：“这就对了，如今你们让我去楚国做官，这无异于让我成为供奉在庙堂之上的神龟，虽然拥有至高无上的权力和地位，却无法拥有垂钓的自在与快乐，一不小心还会招来杀身之祸。相比之下，我更愿做一只在泥塘里拖着尾巴爬行的龟。两位大夫请回吧，替我感谢楚王的一番美意。”

两位使者感到十分困惑，做大官可是许多士人梦寐以求的事啊！他们实在想不通庄子为什么会拒绝，但见庄子主意已决，只好无可奈何地回宫复命。

崇高的地位令人向往，但如果要以牺牲生命为代价，那拥有再高的官位，也毫无意义；绚丽的宝石令人向往，但如果要以牺牲自由为代价，那拥有金山银山，也毫无意义；辉煌的事业令人向往，但如果要以牺牲健康与幸福为代价，那拥有整个世界，也毫无意义。人有所为，也有所不为，懂得取舍的人生，才是充满了智慧的人生，才是幸福的人生。

惠子的小人之心

惠子是战国时期著名的政治家、哲学家，也是名家学派的开山鼻祖和主要代表人物，论其才学，也许不亚于庄子，但论其人品和思想境界，则远不及庄子，甚至还显得有些不厚道。

一天，梁国宰相惠子听手下来报，说庄子已经到了梁国都城，虽然暂时不明白他的意图如何，但肯定没有什么好事。庄子是惠子的老乡，也是惠子的好朋友，他们都是当时鼎鼎大名的人物。此番庄子来到梁国，难保不会受到梁王的器重，对于这个实力强劲的老朋友，惠子还真有些不放心，他让手下密切关注庄子的一举一动，有什么情况及时向他汇报。

果然，没过几天，就有小道消息传来，说庄子此次来梁国是为了取代惠子，做梁国的宰相。尽管这只是一个小道消息，但对惠子来说无异于晴天霹雳，庄子的才学与能力他是知道的，与自己相比，绝对有过之而无不及，如果他真要插一脚，自己的地位恐怕难保。惠子十分恐慌，决定先发制人，他命人四处打听庄子的下落，务必要在庄子进宫之前抓住他。

经过三天三夜的排查，惠子的手下终于在一个集市上找到了庄子。面对来势汹汹的奴仆，庄子哈哈大笑说："我正要去拜访我的老朋友，没想到他倒先派人来接了。"说完，庄子毫不客气地坐上了马车。

到了宰相府，惠子假装热情地迎上前说："老朋友一向可好？有失远迎，还望见谅。”惠子一边招呼庄子坐下，一边大声地呵斥手下说：“庄先生是大学问家，也是我的老朋友，你们怎能如此无礼！我不是告诫过你们，要恭恭敬敬地请吗？还不赶紧向庄先生道歉。”

庄子闻言，毫不在乎地说：“你别责怪他们，我穿得像叫花子一样，他们哪会知道我是你的朋友呢？”

一番客套之后，惠子试探性地问道：“老朋友，不知您此次到梁国来，有何贵干？”

庄子淡淡地说：“也没什么重要的事，听说你当了梁国宰相，特来祝贺，顺便观观光，散散心。”

惠子听后，心里暗暗地说：“你只管装吧，谁不知道你庄子现在失业在家。”但嘴上他仍然客气地说：“多谢老朋友还惦记着我！你如果需要找什么工作，请尽管开口，这点权力我还是有的，保管你明天就能上班。”

庄子是何等聪明的人，他一下子就明白了惠子的心思，原来这人是担心我谋他的相位啊！

于是，庄子微笑着说：“南方有一只鸟，名叫鹓，跟凤凰之类的鸟差不多吧，不知你听说过没。一天，鹓在南方待腻了，决定去北方看看，它从南海一直飞向北海。其间，它只在梧桐树上休息，只吃竹子结出的果实，只喝甜美的泉水。到达北海时，鹓碰巧从一只猫头鹰的身旁飞过，只见那只猫头鹰的手里紧紧地拽着一只腐臭的老鼠，嘴里还发出一阵‘吓’的怒斥声，它以为鹓要跟它抢食。难道现在您也想用您的梁国来威吓我吗？”

听完庄子的故事，惠子惭愧不已，赶紧真诚地向庄子道歉。

宰相与船夫

惠施是战国时期有名的政治家、辩客和哲学家，魏王十分欣赏他的才学。虽然惠施是宋国人，但魏王仍将他视为上宾，经常听他讲学，向他请教治国之道，与他讨论天下形势。

这年，魏国宰相因病去世，魏王第一个便想到了惠施，他下诏擢升惠施为宰相。惠施接到诏书后，受宠若惊，感激涕零，心里暗暗发誓，一定要施展平生所学，将魏国打造成最强大的国家，以报答魏王的知遇之恩。随后，惠施简单地收拾了一下行装，便日夜兼程，马不停蹄地赶往魏国上任。

途中遇到一条大河，这是去魏国都城大梁的必经之路。惠施在岸边等了许久，也不见一条船来。他焦急万分，怕因此耽误了魏国的国事，有负魏王的厚爱。情急之下，他纵身跳进了河里，想游到河对岸去。惠施不曾料到河水十分湍急，而他的水性又很差，游了一两米，失去了控制，他就像石头一样往下沉。惠施拼命挣扎，可依然无法自救，眼看河水就要淹没他的头顶。

在这命悬一线之时，正好一个船家经过这儿，他三五下就把惠施从水里救了起来。

待惠施缓过神来后，船家不解地问："你这人明明知道自己不会游水，为什么不等到船来后再渡河呢？若不是我及时赶到，你的小命就没了。"

惠施感激地回答说：“时间紧迫，来不及等待。我跳进河里，才发现水太深、太急，根本游不过去。谢谢您救了我的命！”

船家好奇地说：“什么事这么急呢？连一两个时辰都不能等待，不会是家里出了什么大事吧？”

惠施微笑着说：“家里十分安好，只因我要到魏国去当宰相，怕耽误了行程，有负大王的恩典，所以才如此着急。”

船家听后，呵呵地笑了起来，看看惠施，衣着朴素，一副狼狈不堪的样子，身边又没有一个随从，哪像做大官的样子。

船家的脸上露出几分鄙夷的神色，奚落道：“瞧你刚才在河里的样子，无能得只会喊救命，如果不是我出手相助，恐怕你早已命归黄泉。像你这样连水都不会游的人，怎么可能会当上宰相呢？真是可笑至极！”

惠施没有责怪船家的无知，他从容地回答说：“论水性，我不如你，因为你从小就生活在这里，天天与河水打交道，这是你的所长；但要说治国平天下，你恐怕不及我一分一毫，因为我从小就饱读诗书，深谙兵法，懂得如何治理国家，这是我的所长。况且，水性不好的人就不能做宰相吗？”

船家无言以对。

骏马能历险，耕田不如牛；坚车能载重，渡河不如舟。每个人都有自己的长处和短处，因此，我们不要为自己的长处而沾沾自喜，也不要为自己的短处而悲观失望。

刑官李离以死谢罪

春秋时期，晋国有一位叫李离的刑罚官员（相当于大理寺卿）。他执法如山，断案如神，为人刚直不阿，只认理不认人，破了不少大案、奇案，深得晋文公的赏识。

李离行事一向谨慎小心，尤其是对人命关天的案子，他更是慎之又慎，唯恐冤枉了一个好人。尽管这样，还是百密一疏。

有一次，李离在审理一桩杀人案时，由于对下属提供的证据缺乏考证，结果导致一人冤死。半年后，当他再次审阅这宗案卷时，才发现自己犯了一个不可饶恕的错误，而此时犯人早已人头落地，丝毫不能挽回了。

李离一生最恨的就是执法不公，而自己身为执法者，竟犯了如此大的错误，真是不可饶恕。李离羞愧难当，决定以死谢罪。

他的家人劝他说："反正案子已经了结，又没有其他人知道，你又何必耿耿于怀，就当什么事情都没发生好了。"

李离听后义正词严地回绝说："法律赋予我们人人平等的权利，如果执法者凌驾于法律之上，那又如何能服众呢？"于是，李离将自己关押起来，并判以死刑。

晋文公知道这件事后，非但没有怪罪李离，还为他开脱说："官位有高低贵贱之分，刑罚有轻重缓急之别。何况这件事错在你手下的官员，跟你没有多大的关系，你无需自责。"

李离却说：“臣担任的是刑部最高长官，不曾把权力让给下属；臣领取的俸禄最多，也不曾把好处分给下属。现在出了事，却让下属来承担，岂有这样的道理呢？”

晋文公听后不高兴地说：“按你这种说法，你的下属犯了错，你应当承担责任。而你是我的臣子，你犯了罪，我岂不是也有罪吗？”

李离慌忙解释说：“法官断案有法规，错判刑就要亲自受刑，错杀人就要以死偿命。您因为臣能听察细微隐情事理、决断疑难案件，才让我做刑官。如今我判案失误，枉杀人命，理应一命还一命，还请君王赐臣死罪！”

尽管如此，晋文公还是想赦免李离。他知道李离是一个难得的好官，如果因为这么一点过失就将他杀了，实在太可惜。于是晋文公对李离说：“即便你有罪，也罪不当死，还是赶紧回家吧！”

然而，李离坚持认为自己犯了死罪，不能接受晋文公的赦免。随即，他从旁边的卫士身上抽出一把剑，往自己脖子上一抹，瞬间就倒在了血泊中。晋文公阻拦不及，只得将李离以厚礼安葬。

才女谢道韫

谢道韫是魏晋时期有名的才女，她出身于书香门第，其叔父为东晋名士、宰相谢安，父亲为安西将军谢奕。谢道韫自幼聪明好学，颇有才辩，有一次，谢安问她：“《毛诗》中何句最佳？”谢道韫朗朗而答：“吉甫作颂，穆如清风。仲山甫永怀，以慰其心。”谢安听后赞道：“安谓有雅人深致。”还有一次，谢安问她：“俄而雪骤下，何所似也？”谢道韫不假思索地说：“未若柳絮因风起。”

成年后，在叔父谢安的安排下，谢道韫嫁给了王羲之的二儿子王凝之。王凝之尽管禀性忠厚，行止端方，但才华平平，声名暗淡，甚至有些迂腐。

起初，谢道韫很看不起王凝之，还负气回到娘家，抱怨说：“天壤之中，乃有王郎！”意思是想不到天地之间，还有王凝之这样差劲的人。后来经谢安开导，谢道韫才勉强接受了王凝之，过起了相夫教子的生活。

王凝之虽说在仕途上走得顺风顺水，从一个小吏做到了主管一郡军政大权的会稽内史，但只能算作一个平庸之人。

隆安三年（399）十月，浙江爆发了大规模的农民起义，起义军以海盗起家的孙恩为首，迅速攻破了上虞、山阴，直逼会稽。作为会稽内史的王凝之本应设防布控，严阵以待，但他笃信道教，对贼人的来犯全不以为然，天真地认为道祖会派天兵天将前来剿灭叛军，根本用不着担心。于是，王凝之不顾下属和谢道韫的多次劝说，整日踏罡步斗，祈求道祖的保佑，直至兵临城下，他才恍然大悟。由于王凝之之前没有任何的防备，孙恩的大军长驱直入，势如破竹，很快就拿下了会稽。王凝之带领手下突围，谁知刚出城门，就稀里糊涂地被敌人一刀砍下了脑袋。

面对如狼似虎的敌军，城中百姓乱成一锅粥，而这时谢道韫镇定自若，挺身而出，命令家丁拿起武器，组成一支小型队伍，打算趁乱突围出城。吩咐完毕，谢道韫手握大刀，带领大家冲到大街上，与敌人展开了殊死搏斗。尽管谢道韫胆识过人、忠勇可嘉，但毕竟只是一名弱女子，加上寡不敌众，最终还是被敌人俘虏了。

谢道韫和刚满3岁的小外孙被带到了孙恩的帐前。孙恩为了斩草除根，决定当即处死那孩子。谢道韫闻言，厉声喝道："事在王门，何关他族？此小儿是外孙刘涛，如必欲加诛，宁先杀我！"孙恩听后，不由一惊，仔细地打量着眼前这个女人，只见她义正词严，毫无惧色，其大义凛然胜过须眉男儿。虽然孙恩生性残忍，杀人如麻，但他敬重有胆识的人，尤其是像谢道韫这样有胆有识的女子。孙恩的态度立刻变得恭敬起来，亲自为谢道韫松了绑。他不但放过了谢道韫祖孙俩，还派人将他们安全地送回了家。

从此以后，谢道韫一直寡居于会稽，虽然历经了丧夫、失子之痛，但她并没有因此而沉沦，心性也没有多大的改变，闲暇时就写诗著文，过着平静的生活。

李世民与《兰亭序》

唐太宗李世民是我国历史上一位杰出的政治家、军事家，也是一位难得的明君。他广开言路，知人善用，开创了著名的“贞观之治”。就是这样一位受人爱戴的明君，却干出了一件有些出格的事。

众所周知，李世民酷爱书法，尤其是对王羲之的作品，几乎到了一种痴迷的地步。贵为帝王的他却无缘亲近《兰亭序》，这让他深感遗憾。

《兰亭序》是王羲之最得意的作品，代表了他书法的最高成就。据说，王羲之后来曾多次重写，但始终达不到原来的境界，他不由得感叹说：“此神助耳，何吾能力致。”于是，王羲之将《兰亭序》视为珍宝，一代一代地传了下去，直至第七世孙智永。智永年少出家，寄居于浙江永欣寺。他圆寂后将《兰亭序》传给了弟子辩才和尚。辩才和尚也是一个书法爱好者，他深知《兰亭序》的珍贵，将之藏于屋梁之上。

李世民听说《兰亭序》尚存民间后，日不能安，夜不能寐，终日茶饭不思。群臣见之，无不着急，遂派人四处打听，最后得知《兰亭序》在辩才和尚手里。于是，李世民多次派大臣前往索取，并许以重金。无奈辩才和尚死不承认，一口咬定没有见过《兰亭序》。李世民素以爱民著称，他不能像土匪一样强取豪夺，只能默默哀叹。

见此，宰相房玄龄心生一计，既然明的不行，那就来暗的。他当即向李世民推荐了御史萧翼，让他前往浙江永欣寺，伺机骗取《兰亭序》。

随后，李世民秘密召见了萧翼，见此人一脸书生气，且能言善辩，颇有文才，在书法方面也有较深的造诣，不禁心中大喜。李世民还特地拿出几幅王羲之的书法真迹给萧翼，让他伺机行事。

萧翼来到浙江后，时常装作香客，闲游于永欣寺中，每有所感，便题诗于寺内画壁上。渐渐地，他引起了辩才和尚的注意。一番交谈后，辩才和尚有一种相见恨晚的感觉。他立刻将萧翼引入禅房内，两人一边饮茶，一边谈论诗文、书法和棋道等，一直聊到第二天天亮方才罢休。从那以后，辩才和尚就将萧翼视为知己，常常邀请他到寺内做客。

有一次，萧翼故作神秘地对辩才和尚说："我手里有几幅王羲之的真迹，是他留下的最好作品，想请你品鉴一下。"

辩才和尚接过来仔细地观察了一阵，然后淡淡地笑着说："你这几幅字，虽然是王羲之的真迹，但并非他最好的作品。"

萧翼听后，不以为然地说："大师何以见得？难道这世间还有《兰亭序》不成？"

辩才和尚点了点头。萧翼难以置信地说："我听闻《兰亭序》早已毁于战火之中，大师见过的一定是仿品吧！你不要骗我了。"

辩才和尚认真地说："出家人不打诳语，我真的见过《兰亭序》真迹。"

萧翼说："除非你让我亲眼看见，否则，打死我也不信。"

经萧翼这样一激将，辩才和尚找来梯子，从屋梁上取下包裹严实的《兰亭序》真迹。萧翼见之，万分惊讶，对辩才和尚佩服得五体投地。

一日，辩才和尚外出念经。萧翼瞅准机会，对其弟子谎称是来取自己寄放的东西，然后大摇大摆地将《兰亭序》带走了。

李世民得到《兰亭序》真迹后，欣喜若狂，连夜命人临摹数本，送与皇子皇孙以及亲近的大臣。数年后，李世民驾崩，留下遗诏，要求将《兰亭序》与自己合葬。

就这样，一部震烁古今的书法巨作，从此深埋地下，不见天日。而辩才和尚，尽管得到了李世民丰厚的赏赐，但终觉有负师父的重托，不久郁郁而终。

陈子昂摔琴

陈子昂年轻时就博古通今，才华横溢，胸怀大志。有一年，他兴致勃勃地从四川来到长安，想成就一番惊天动地的事业。怎奈千里马常有，而伯乐不常有。他在京城闯荡了几年，依旧榜上无名。为此，陈子昂烦闷不已。

一日，陈子昂在街上漫无目的地闲逛，突然看见前面不远处围着一大群人。出于好奇，他也凑过去瞧热闹。费了很大的劲，他才挤到人群的中央，定睛一看，原来是一个落魄的艺人在这儿卖琴。只见那把琴做工精细，古朴典雅，的确是一把难得的好琴。不过众人还是不住地摇头，因为这把琴要价一千两银子，实在是贵得有些离谱。大家虽向往不已，但只能望而却步。

就在这时，只听人群中一个年轻人说道："自古宝剑配英雄，这琴我要了。"围观之人无不愕然，纷纷转过头来打量这位气度不凡的年轻人。他不是别人，正是四川才子陈子昂。说罢，陈子昂取出银两交与卖琴人，然后将古琴抱在怀中。

围观的人说："这位公子以千两之金买琴，想必一定是一个乐坛高手，何不抚琴一曲，让大家一起欣赏欣赏呢？"

陈子昂笑着回答道："此处喧闹，不宜弹奏和欣赏。诸位如若要听我弹琴，请于明日来在下住处指教，在下到时定以好茶好酒相待。"

第二天，京城的不少名流和显贵如约而至，足有数百人之多。

不一会儿，陈子昂抱琴而出，向大家鞠躬问好。宾客们侧耳凝目，等待陈子昂的精彩表演。出乎意料的是，陈子昂忽然将琴高高举起，然后重重地摔在地上。刹那间，一把价值千金的古琴化为碎片。

大家丈二和尚摸不着头脑，不知道这位年轻人要干什么。

就在大家发愣之际，陈子昂霍地站起来，情绪激动地说："我虽然没有谢灵运和谢朓之才，却有屈原、贾谊之志。我从四川来到京城，带着百余卷诗文四处求拜，却无一人赏识。这种乐器不过是低贱乐工所用的，我岂能弹奏呢？"

人们被陈子昂的疯狂举动惊得目瞪口呆，还未等大家回过神来，陈子昂已将自己事先准备好的诗文一一分发给大家。大家看他的诗文文采斐然，工整巧妙，于是争相传诵。

当天京城里所有茶馆和酒楼的客人都在议论着这件事。一夜之间，陈子昂便享誉京师，家喻户晓。不久，陈子昂便高中进士，官至麟台正字、右拾遗。

环保皇帝赵匡胤

公元960年，赵匡胤发动“陈桥兵变”，建立了北宋王朝，先后剿灭了后蜀、南汉和南唐等割据政权，终结了五代十国以来的混乱局面，基本统一了全国。赵匡胤是一个很有作为的皇帝，他奋发图强，励精图治，重视农业生产，兴水利，减徭役，倡廉洁，澄吏治，使宋朝的经济蒸蒸日上，国库充盈，百姓富足。

尽管宋朝的经济十分繁荣，但军事实力十分孱弱。究其原因，是缺乏一支有战斗力的骑兵。大家可能会觉得奇怪，以宋朝的财力和赵匡胤的英明神武，为什么不能组建一支强大的骑兵军团呢？

在冷兵器时代，骑兵有着非同小可的意义，其冲击力和攻击性都远远胜过了步兵。骑兵与步兵作战，胜则可以全歼敌人，因为你跑不过它；败则可以全身而退，因为你追不上它。一个强大的帝国，绝对少不了一支精锐的骑兵，像汉朝和唐朝都十分重视战马的培养，这也使得北方的少数民族不敢随意窥视中原。作为宋朝的开国皇帝赵匡胤当然看到了自己的这一“软肋”，可是，巧妇难为无米之炊，宋朝缺少一个养马的场所。

战马不同于普通的马，它有超强的体能和极快的奔跑速度，圈养是无法满足它们的成长需要的，只有放养才可以。要想培育出优良的战马，就必须有一个供它们生长的天然牧场。而遗憾的是，宋朝虽然占据了中国的大半壁江山，拥有像中原和江南这样富庶的地方，却没有一个适合养马的场所。

当时有两个可以养战马的地方，一个在西北，一个在东北，但这两个地方都被游牧民族所占领。他们十分擅长马上作战，加上宋朝刚刚建立，根本没有实力从他们手里将其夺回来。

黄河两岸和长江流域倒是可以养马，但这儿的气候又不适宜，好的战马都产自北方。缺乏了得天独厚的自然条件，要想建立一支强大的骑兵军团，就只能是纸上谈兵。

曾经有人向赵匡胤献策，让他在中原腹地开辟一个人工牧场，这样就不用忌惮北方的游牧民族了。虽然这不失为一个好主意，但赵匡胤并未采纳。因为要开辟一个人工牧场，首先需要大面积的土地，这会使得无数的老百姓生活无依，流离失所。其次，战马的食量很大，每天要消耗大量的草料和粮食，为了满足这一需要，势必要大量开垦土地，这样必然会对周围的植被造成极大的破坏，进而影响生态环境。再次，军马必须放养，大批的马匹集中在一个地方，同样会破坏植被和田地。可以说在当时那样的条件下，如果培养战马，只能成一时之功，而带来永世之害。

正是考虑到以上种种因素，赵匡胤放弃了这种想法。尽管宋朝因不养战马而无法在军事上强大起来，却留下了一片完好的土地。试想，如果赵匡胤强行建立一支骑兵队伍，不知道要使多少植被遭到破坏，不知道有多少百姓失去自己的家园。赵匡胤的环保意识，很值得后人学习。

海瑞请客吃“泡面”

众所周知，海瑞是历史上有名的清官，无论是做七品县令，还是做二品大员，他始终保持着勤俭节约的作风，穿布袍，吃粗粮，夏天睡在一张破席子上，盖着夫人的旧裙子……海瑞到底有多俭朴呢？大家看看下面几个故事便知。

海瑞在做淳安县县令时，从不坐轿子，从不下馆子，从不参加娱乐活动。明朝官员工资非常低，如果没有其他收入，仅能勉强糊口。为了节省开支，海瑞不得不带领家人劳动，自给自足：请不起厨子，就让老婆做饭；买不起炭火，就让家仆上山砍柴；没钱买菜，就自己种。据说，海瑞在院子里开垦了一片地，一年四季都有吃不完的菜，偶尔还会拿到集市上去卖，挣几个零花钱。尽管这样，海瑞的日子依然过得十分清苦，走在大街上，没人知道他是县太爷，就连乞丐看见他也走得远远的，根本不会伸手向他要钱。

海瑞其实用不着过这种穷苦的日子，当时地方官都有一项可观的收入——火耗。所谓“火耗”，就是熔化碎银重铸为银锭时的折耗，这笔钱由老百姓出。地方官员加征的“火耗”一般远远大于实际的“火耗”，差额就落进了他们的腰包。可不要小看这个“火耗”，每年至少可以创收数千两银子。但海瑞从不领“火耗”，他宁愿自己过得苦一点，也不向老百姓多收一分钱。

用自家的钱节省一点也就罢了，用公家的钱海瑞也同样“吝啬”。有一次，海瑞去京城出差，当他回来报销时，下属惊讶地发现，他一共只用了 55 两银子，这是没有一个人能够办到的。那时不像现在，去一趟京城，起码得花上二十几天，光食宿费就是一笔不小的开支，更别说其他开销了。在明代，地方官进京，不是一般的述职那么简单，只要你还想继续当官，就得孝敬管事的京官，少则几百两，多则几千两。而淳安县是一个贫困县，年年赤字，根本拿不出钱来孝敬京官。海瑞想到财政紧张，能省则省。他的原则是，能走路就尽量走路，权当锻炼身体；能不进馆子就不进馆子，饿了就吃干粮，渴了就喝山泉；能不住旅馆就不住旅馆，山洞、破庙什么的，也能凑合一夜。当然，到了京城，有些应酬还是免不了的，比如请客吃饭。不过，别人请客都是去京城最好的酒楼，而海瑞则别具一格，随便找个路边摊，点两碗小面就完事。被请者脸都绿了，但又不好当面发作，只好找个借口早点离开。

除此之外，《明史》中还记载了一个让人心酸的故事：有一次，海瑞的老母亲过生日，海瑞特地去集市买了两斤肉。大家一定要注意，不是二十斤肉，而是两斤肉。当海瑞走在大街上时，无数人瞪大了眼睛，他们简直不敢相信海大人也会买肉，并且一出手就是两斤。大家都知道，海大人平常连菜都不买，更别说肉了。肉贩子激动不已，逢人便讲：“海大人买我的肉了！海大人买我的肉了！”不光市民激动，就连闽浙总督胡宗宪也把这当作一个特大新闻告诉别人：“昨天听说海县令为老母亲祝寿，买了两斤肉呢。”

海瑞一生清廉，也一生贫困，到死时连一口棺材钱也没有。葬礼由佥都御史王用汲主持，当他看见海瑞的住处只有几张用葛布制成的帏帐和几个破烂的竹器时，禁不住放声大哭。

敢与和珅叫板的钱沣

钱沣是乾隆朝的一位名士，为人刚正不阿，为官清正廉明，不畏强权，敢与权倾朝野的和珅叫板，其高风亮节令人敬佩。

乾隆四十七年（1782）四月，钱沣获悉山东巡抚国泰结党营私、贪污府库银两，便立刻上书弹劾。据说，山东连续三年受灾，民不聊生，身为巡抚的国泰不仅不上报灾情，安抚民心，还邀功请赏，谎报丰收，并以向皇上纳贡的名义大肆搜刮民脂民膏，造成历城、益都等几十个州县仓库严重虚空。有人实在看不下去了，就去京城告御状，结果全被残杀在半道上。国泰的所作所为，真是惨无人道，令人发指。

这个国泰到底是什么人？他为何有如此大的胆子呢？原来，国泰乃皇亲国戚，又有乾隆皇帝最宠信的权臣和珅充当保护伞，可以说是独霸一方，为所欲为。而钱沣当时只是一个六品监察御史，别说真的上书弹劾，就是想一想都需要勇气。国泰是和珅的党羽加亲信，查国泰就是打和珅的耳光，钱沣自然明白其中的利害关系，稍有不慎，自己的脑袋就得搬家。尽管这样，钱沣还是没有被国泰的权势所吓倒，依然坚持要彻查此案。

案发后，国泰向和珅求救，和珅当然不会坐视不管，因为他曾多次收受国泰的贿赂。和珅立即命人去收买钱沣，但遭到了钱沣的严词拒绝。随后和珅又让家仆出面威胁钱沣，但钱沣仍然无所畏惧。和珅没有想到钱沣如此不识好歹，竟敢与自己叫板。他虽然恨得牙痒痒，但也毫无办法。

钱沣软硬不吃，和珅只好另谋他法，主动申请调查此案，好从中包庇国泰。不明就里的乾隆帝批准了和珅的请求，派钱沣、刘墉与和珅一同前往山东，审理国泰一案。

因为和珅事先派人通知了国泰，所以国泰早有准备，他向山东商贾巨富借来许多银子，凑足了库存的数量，想以此掩盖库银严重短缺的真相。钱沣一行到达山东历城后，和珅说不用一一核对，只需抽查几十个府库就行了，但钱沣坚持封存所有府库，彻底清查。第二天，钱沣来到府库仔细核对，他发现，虽然库银的数量没有问题，但大部分银两“多系圆丝杂色银”，与成色十足、色泽明亮的帑银不符。钱沣随即盘诘库吏，得知这些银两都是从各商铺借来充数的。于是，钱沣立马贴出一张告示，叫各商铺前来认领，并称“迟来即封贮入官矣”，意思是说赶紧来认领自家银两，晚了就封存入官了。听到这个消息，那些商贾纷纷前来认领，库银随之一空。这样，国泰贪赃枉法、造成国库短缺的罪行彻底败露，和珅想包庇也包庇不了。

经过这件事后，和珅把钱沣视为眼中钉，总想除之而后快，可无奈钱沣廉洁奉公，身上没有任何污点，和珅始终找不到下手的机会。

乾隆六十年（1795）八月，钱沣一病不起，不久便与世长辞。钱沣的儿子在整理父亲的诗稿时，发现其枕头下藏着一份数千字的弹劾和珅的奏章，上面列举了和珅的20多条罪证。这说明钱沣一直在私下里收集和珅贪污受贿的证据，但遗憾的是这份奏章没能在钱沣生前送到乾隆的手上。

尽管钱沣没能扳倒和珅，但他弘扬了官场正气，沉重地打击了和珅一党的嚣张气焰，也为后来嘉庆皇帝剿灭和珅提供了有力的证据。

“怪人”金岳霖

但凡大智慧者，身上多少都有一点“怪异”，这不光体现在外表和言谈举止上，就连性格和习惯也是如此。

初入京城时，金岳霖顶着一头乱发，板着一张五天不洗的脸，穿着一套比俄国叫花子还褴褛的洋装，怎么看也不像一个满腹经纶的哲学家。而在西南联大时，金岳霖时常穿着一件草黄色的麂皮夹克，天冷了就在里面围一条很长的驼色羊绒围巾，并且常年戴着一顶大檐帽子，就连上课也不例外。据说他的眼镜也十分特别，两边的颜色不一样，一边是白的，一边是黑的。

每年新生入学时，他讲的第一句话就是：“我的眼睛有毛病，不能摘帽子，并不是对你们不尊重，请大家原谅。”

金岳霖上课从不点名，但每堂课都座无虚席。他爱提问，但又总是记不住学生的名字，于是只好叫穿什么衣服的某某同学来回答。

他治学严谨，耐心细致，但又不乏幽默。有一次，一个叫林国达的学生觉得逻辑学挺“玄乎”，应该提点怪问题。于是，他操着广东普通话问了一个怪问题。金岳霖听后想了想说：“林国达同学，我问你一个问题：‘Mr. 林国达 is perpendicular to the blackboard（林国达君垂直于黑板）’，这什么意思？”林国达傻了。林国达当然无法垂直于黑板，但这句话在逻辑上没有错误。金岳霖的怪问题一下子就解决了学生的疑问，又让人忍俊不禁。

生活中，老金是一个十分健忘的人，有时连自己的姓名都忘了，别人笑他，他不以为然，还戏称自己到了“忘我”的境界！

有一次，他去拜访陶孟和。陶孟和家的女工不让进，问他是哪位。他一时愣住了，竟想不起自己姓什么，于是焦急地说：“不管它，请陶先生说话就行了。”女工不肯，非要他报上姓名。老金无奈，只好问身边的车夫王喜。王喜摸着脑袋说：“我听别人都称您金博士，您应该姓金吧！”老金这才恍然大悟。

还有一次，老金去拜访徐志摩，但他忘了徐志摩住在什么地方，只好写了一封信过去。他在信中问：“你们的屋子究竟是在天堂上，还是在地狱里？为什么我怎么也找不到？”

尽管老金的专业是哲学和逻辑研究，但他非常喜欢小说，尤其是普鲁斯特、福尔摩斯和平江不肖生的作品。一本《江湖奇侠传》，他看了又看，爱不释手。有一次，学生请他讲讲小说和哲学的关系，他讲完之后的结论是：“小说和哲学没有关系。”有学生质疑道：“那么《红楼梦》呢？”老金说：“《红楼梦》里的哲学不是哲学。”他讲着讲着，忽然停下来抱歉地说：“对不起，我这里有个小动物。”说罢，他将右手伸进后脖颈，捉出了一只跳蚤，还捏在手里看看，表情甚为得意。

老金的业余爱好更是让人瞠目结舌，他不仅酷爱养斗鸡，屋角还摆着许多蛐蛐缸，没事时，他就逗蛐蛐玩。更离谱的是，老金吃饭时，他的大斗鸡也跳到桌上啄食。对此，老金视若不见，竟与斗鸡和平共餐。

除此之外，老金还有一个特别的爱好，他喜欢到处搜罗大梨、大石榴，并拿去和同事的孩子比赛。比输了，他就把梨或石榴送给孩子们。

张大千的风趣

提起张大千，可能大家并不陌生，他是20世纪我国最伟大的国画大师之一，深受世人的崇敬和爱戴。张大千的一生充满了传奇色彩，无论是他曲折的人生经历，还是“包众体之长，兼南北二宗之富丽”的艺术成就。也许很多人会认为，这样一位世界级的艺术家，在生活中一定是一个不苟言笑、清高孤傲的人。而事实上，张大千为人十分谦逊和蔼，而且还有些幽默风趣。

在一次宴会上，张大千被安排坐在梅兰芳的旁边。尽管两人都是艺术界鼎鼎有名的大师，彼此也都神往已久，但由于是第一次见面，再加上一个是从事绘画艺术的，一个是从事表演艺术的，都显得有些拘束。为了打破沉闷的气氛，张大千微笑着对梅兰芳说：“梅先生，我们俩被安排坐在一起，实在是一个错误啊！”梅兰芳听后，有点丈二和尚摸不着头脑，便好奇地问：“张先生，这是为何呢？”张大千故作严肃地说：“因为你是君子，我是小人呀！”梅兰芳更加迷惑，虽然张大千一向谦虚低调，但他也用不着当着众人的面这样贬低自己。望着梅兰芳一脸不解的样子，张大千连忙解释说：“你是君子爱动口（梅兰芳擅长演戏），而我是小人爱动手（张大千擅长作画）。”张大千的诙谐让梅兰芳忍不住开怀大笑，从此两人成了莫逆之交。

还有一次，也是在一次宴会上，一位朋友拿张大千的胡子说事，并且越说越带劲，引得旁人哄堂大笑。张大千看在眼里，听在耳里，不愠不怒。等朋友说完后，他心平气和地说："我也给大家讲一个大胡子的故事。在《三国演义》中，关羽和张飞相继去世，刘备准备兴兵伐吴，为他们二人报仇。可是在任命先锋一职时，关羽的儿子关兴与张飞的儿子张苞发生了争执，都争着要当先锋。刘备无奈，只好让他们自述父辈的功劳，谁的父亲功劳大，就让谁当先锋。张苞率先说：'先父当年大闹长坂桥，夜战马超，智取瓦口，义释严颜，功绩甚大，先锋一职理当归我。'关兴有些口吃，但他还是不甘示弱地说：'先父须长数尺，人称美髯公，先锋一职非我莫属。'这时，关羽站在空中破口大骂道：'真是个不肖子，想老子当年斩颜良，诛文丑，过五关，斩六将，单刀赴会，威震中原，哪一样功劳不是居高至伟，你却单单拿老子的胡子说事，那有何用呢？'"大家听后哑口无言，从此再也不敢取笑张大千的长胡子了。

当然，最有趣的一次要数张大千评画。一天，赵望云找到张大千说："我弄不明白，为什么徐悲鸿与我同是画马的专家，而他的名气却比我大得多？你是画界泰斗，请你评一评，到底是徐悲鸿的马画得好，还是我赵望云的马画得好？"要是换作别人，这样的问题着实让人难以回答。如果说徐悲鸿的马画得好，势必会得罪赵望云；如果说赵望云的马画得好，又会得罪徐悲鸿，况且与实际情况也不相符。没想到张大千不慌不忙地说："当然是徐悲鸿的马画得好！"赵望云听后，脸一下子就白了，眼中充满了哀怨与失望。这时，又听张大千说道："徐悲鸿的马是赛车和拦车的马，而你的马是耕田的马。你想，谁的马更好呢？"

天若有情

『蒹葭苍苍，白露为霜，所谓伊人，在水一方。』岁月能够带走的是老去的容颜，带不走的是不变的真情。『曾经沧海难为水，除却巫山不是云。』世间最美的东西就是情和义。

齐桓公以信义得天下

齐桓公要想称霸中原，最大的绊脚石就是鲁国和宋国，而当时鲁国强，宋国弱，于是齐桓公选择了与宋国联手。

公元前681年，齐桓公为帮助宋国平定内乱，在北杏（今山东东阿）与宋、陈、蔡、邾等国国君会盟。这次会盟是齐桓公首次以诸侯身份主持，当时鲁国的附庸国遂国不愿参加会盟，齐桓公便出兵灭了遂国，接着又兴兵伐鲁。鲁庄公任命曹沫为大将，率兵抵挡，结果三战三败。鲁庄公十分害怕，请求割地求和。

齐桓公见自己的政治目的已达到，便答应了鲁国的请求。不久，齐桓公与鲁庄公正式在柯地签字画押，并举行了一个隆重的仪式。但是意想不到的事情发生了，鲁国大将曹沫用匕首劫持了齐桓公，并要求齐桓公退还之前侵占的鲁国领土。齐桓公无奈，只好答应了。得到齐桓公的承诺后，曹沫丢下匕首，放开了齐桓公。事后，齐桓公本来可以撕毁承诺，向曹沫和鲁庄公等人问罪，但他并没有这么做，不仅归还了鲁国的领土，还与鲁国建立了友好关系。可以说，柯地会盟，不仅奠定了齐国的领导地位，而且使齐桓公重信守义的声名远播。

随后，宋国见齐、鲁和好，便背叛了北杏之盟，打算脱离齐国。公元前680年，齐国邀陈、曹伐宋，并请王师参战。周王命大夫单伯率师参加三国的伐宋之战。宋国不敌，只得派使者求和，并归附齐国。此时，郑厉公复位，也与齐国结成了盟友。齐国会同王室卿士单伯与卫、陈、郑三国在鄄（今山东鄄城北）会盟，各国诸侯一致归附齐国，由此确立了齐桓公的霸主地位。

在安定中原诸国之后，齐桓公便转向攘夷。当时北狄和楚国虎视眈眈，时常侵扰中原，令周王室及诸侯国惶恐不安。不久，居住在冀北的山戎再次侵犯北燕，北燕无力抵抗，只得向齐国求救。齐桓公与鲁庄公在济水相会，共商讨伐山戎之事。鲁庄公表面上支持，实际上却按兵不动。齐桓公与管仲、隰朋率兵北伐山戎，直至令支国、孤竹国。在追击敌兵途中，齐军迷路了。管仲说："老马之智可用也。"于是放出老马，齐军跟随老马找到了归路。齐军没有水了。隰朋说："蚁冬居山之阳，夏居山之阴，蚁壤一寸而仞有水。"他们挖地后找到了水。最终，齐国上下君臣同心，战胜了山戎，拯救了北燕。

燕庄公被齐桓公的义举感动得热泪盈眶，临别之时，送了一程又一程，不知不觉就到了齐国的地界。当时有礼法约定，非周朝天子，诸侯相送，不得送出边境。齐桓公发现后说："我不可以无礼于燕。"于是，齐桓公将燕庄公走过的地方送给了燕国，并告诫燕庄公复修召公之政，纳贡于周。后来，其他诸侯听说了这件事，纷纷归附齐国，唯齐桓公马首是瞻。

晏子不嫌妻丑

春秋后期，齐国有一个名叫晏婴的人，人们尊称他为“晏子”。他位居上大夫，深受齐君的宠爱，曾三朝辅政，长50余年。他不仅能言善辩，巧于进谏，而且心胸坦荡，重情重义。

一天，齐景公去晏子家赴宴。君臣分列而坐，一边喝酒，一边聊天，气氛十分融洽。酒过三巡，齐景公突然对晏子说：“你我君臣二人，相交已有多年，却从未见过你的夫人。何不邀她同席，也让我见识见识夫人的风采。”

晏子恭敬地回答说：“贱下没见过什么大世面，也没读过什么书，我怕她见了大王，会吓得说不出话来。到时扫了您的兴，臣下可担当不起，还是不让她来吧。”

齐景公不以为然地笑着说：“先生多虑了，这有什么呀，叫来无妨。”

话说到这个分上，晏子也不好再推脱，只得唤下人去请夫人。

不一会儿，晏子的妻子从内堂中走出来。礼毕，齐景公仔细地打量了一番，只见其衣着朴素，头发花白，颧骨高突，满脸皱纹，畏畏缩缩，跟普通农妇无异。看后，齐景公心中不免有些不悦，心想，晏子作为齐国的上大夫，身份之高，地位之显赫，怎么能跟这样一个又老又丑的女人生活一辈子呢？

散席后，齐景公将晏子拉到一边，小声地说：“夫人的容貌实在不敢恭维，怎配得上先生这样的大才子呢？我看不如这样，我有一个女儿，年方十七，聪慧伶俐，其容貌虽谈不上‘沉鱼落雁，羞花闭月’，但也算倾国倾城。如若先生同意，我便立刻将她赐予先生为妻，让先生日后的生活充满欢欣。”

齐景公满以为晏子听到这话，会欢喜异常，感激涕零。谁知晏子严肃地回答道：“感谢大王的美意！臣下身高不满六尺，相貌不佳，当年很多人都看不起我，唯有吾妻不嫌我丑，不在乎他人讥讽，将终身幸福托付于我。这些年，她风里来，雨里去，无怨无悔地操持着这个家，让我没有丝毫的后顾之忧。因此，臣下才有充沛的精力和宽裕的时间打理国事，才有了今日的成就和地位。这份深情，让臣下感动万分，我又岂能辜负她呢？况且，她也年轻过，漂亮过。如今她虽然人老珠黄，但仍是臣下至亲至爱的人，我又如何能背弃她呢？恕臣不能接受大王的恩赐，请大王即刻收回成命。”

听了晏子的这番话答，齐景公惭愧不已，不由得更加敬佩晏子，从此不再提起此事，也不再轻视晏子的妻子。

唐太宗与徐惠妃

唐太宗李世民的身边永远不乏佳丽，她们中有的倾国倾城，有的妩媚动人，有的温顺贤良，有的能歌善舞……然而，真正令太宗欣赏和敬重的女子并不多，徐惠算是其中一个。

据史料记载，徐惠出生于浙江湖州，其父为果州刺史徐孝德，其母为金城郡夫人姜氏。据传，徐惠从小天资过人，5个月大就能喊爹叫娘，4岁就能诵读“四书”“五经”，8岁就能吟诗作对，并且词句清丽，意味绵长，可与成人相比，当地人无不称奇。

有一天，父亲徐孝德想考验一下女儿的才情，于是出了一道难题，让徐惠仿照屈原的《离骚》作一首骚体诗。徐惠略加思索，随即一挥而就，只见她写道：“仰幽岩而流盼，抚桂枝以凝想。将千龄兮此遇，荃何为兮独往。”徐孝德大为震惊，没想到女儿小小年纪，竟能作出如此好文，不禁鼓掌称赞。徐惠由此名动江南。

11岁时，徐惠就已成了远近闻名的才女，连深居庙堂的唐太宗都知道了她的名字。太宗十分欣赏徐惠的文才，对她的诗作爱不释手，迫切地想一睹这位江南才女的芳容。于是，一道圣旨将徐惠迎进宫中，她从此开始了一段不平凡的人生。

徐惠进宫后，仍保持着她热烈的求知欲，每日出入藏书阁，读书、写作，忙得不亦乐乎。太宗是一个极有品位的人，他喜欢浑身散发着书香气的女子，徐惠的温文尔雅、勤奋好学，无疑让太宗更加欣赏她。不久，徐惠就从最末等的才人晋升为九嫔中的第八级充容。

徐惠性格率真，文才出众，常常能以诗文娱乐太宗。有一次，太宗召见徐惠，可是左等右等，始终不见徐惠的踪影。太宗十分不悦，打算拂袖而去。就在这时，徐惠姗姗而至。她见太宗一脸冰霜，知道他早已等得不耐烦了，于是莞尔一笑，赋诗一首，递到太宗手里。太宗接过来一看，上面写着："朝来临镜台，妆罢暂徘徊。千金始一笑，一召讵能来。"太宗读罢，忍不住哈哈大笑，满腔怒火随之烟消云散。

徐惠不仅工于诗文，在政治上也有独到的见解。晚年的太宗好大喜功，挥霍无度，不仅修建了多处豪华的宫殿，而且多次派兵攻打高句丽，结果劳民伤财，无功而返。贤能的徐惠看在眼里，记在心里，她决定寻找一个合适的机会劝谏太宗。贞观二十二年（648），经过一段时间的酝酿和准备，徐惠认真地写了一份奏疏呈给太宗。她明确指出"地广者，非长安之术；人劳者，为易乱之符"，希望太宗节用爱民，休兵罢战，还百姓以安宁和幸福。太宗读后恍然大悟，对徐惠更是另眼相待。

贞观二十三年（649），唐太宗因背部顽疾而驾崩，死前留下遗诏，要求将后宫所有无子女的嫔妃全部送入寺中削发为尼，这其中包括后来的女皇武则天。然而，徐惠是一个例外，她并不在遗诏所罗列的名单中。由此可见，太宗对徐惠格外垂怜和敬重。徐惠出身卑微，她之所以能够得到太宗的宠爱，靠的是她的个性与才情。

太宗去世不久，徐惠便忧郁成疾。太医前来为她把脉开方，却被她婉言谢绝了。徐惠是一个痴情的女子，她的眼里只有太宗。如今太宗去了，她除了追忆与太宗在一起的点点滴滴外，活着对她来说只是一种痛苦。

永徽元年（650），徐惠病逝于宫中，终年 24 岁。高宗念其贤德，下诏追封她为"贤妃"，并按其遗愿，将其葬于昭陵，了却她"日夜侍奉在先帝身边"的愿望。

把敌人当朋友的伯颜帖木儿

土木堡之变后，明英宗朱祁镇成了瓦剌军的俘虏，许多瓦剌人与明朝有着不共戴天的血海深仇，现在好不容易逮到一条大鱼，他们岂能善罢甘休呢？大家纷纷要求将朱祁镇处死，也先（瓦剌太师，也是蒙古的实际控制者）犹豫不决，不知道是杀还是留。

就在这时，一个名叫伯颜帖木儿的人站了出来，他是也先的弟弟，在军中有着极高的威望。伯颜帖木儿说："杀掉他太可惜了，不如将他留在军中，当作人质，进可攻，退可守。即使咱们不想打了，拿他换些赎金也不错啊。"

也先觉得弟弟说得很有道理，便放弃了杀掉他的念头，并将朱祁镇交给伯颜帖木儿看管。让人意想不到的是，这两个冤家对头却成了朋友，在以后的日子里，朱祁镇就是靠伯颜帖木儿的支持和帮助，逃过了一次次劫难，并最终回到了大明首都。

伯颜帖木儿充分展现了蒙古人热情好客的特点，他不但没有为难俘虏朱祁镇，还对他礼遇有加，甚至在公开场合向朱祁镇行礼，这真是怪事一件。虽然这些行为让人无法理解，但这段友谊一直延续着，直到他们去世。

伯颜帖木儿为什么会善待朱祁镇呢？除去复杂的政治因素和历史因素外，更主要的还是人性之善的自然流露。虽然朱祁镇算不上一个好皇帝，但他的确是一个好人。他待人有礼有节，哪怕是对手下的仆人，他也礼遇有加。而伯颜帖木儿除了瓦剌将军的身份外，也是一个善良的人。好人对好人，总是惺惺相惜的，正是这样，他们成了生死之交。

一年后，明朝使者杨善前来迎接朱祁镇归国，伯颜帖木儿十分不舍。从道义上讲，他很高兴，因为朱祁镇终于可以回家了，毕竟他是明朝的太上皇（当时的皇帝是朱祁镇的弟弟朱祁钰），不是蒙古人；但从个人情感来说，他多么希望这个朋友一直住在大漠，永远也不要离开。在情感和道义之间，伯颜帖木儿无奈地选择了道义，天下没有不散的筵席，他不想让朱祁镇再遭遇什么不测。为了确保朱祁镇的安全，伯颜帖木儿找到哥哥也先，请求他将明朝的使者扣押起来，等明朝的大臣答应恢复朱祁镇的皇位后再送他回去。当然，也先没有答应弟弟的请求，事实上，朱祁钰也不可能为一个俘虏哥哥而放弃自己的皇位。

离别的时刻终于到了，为了表达对老朋友的敬意，伯颜帖木儿率领所有瓦剌将领为朱祁镇送行。那一天，伯颜帖木儿这个长期征战沙场的铁血男儿忍不住泪流满面，他送了一程又一程，恨不得就这样一直走下去。可送君千里，终有一别，再长的路也有到尽头的时候，这个尽头就是野狐岭。伯颜帖木儿不得不停下来，因为过了野狐岭就是居庸关，那儿是明朝的势力范围，绝不允许一个瓦剌人踏足。

伯颜帖木儿翻身下马，哽咽着对朱祁镇说："今日一别，不知何时再见，请君珍重！"说完，他掩面上马，朝着来时的路飞奔而去。

这一别真是永别。四年后，伯颜帖木儿被部下阿剌知院所杀。重新当上皇帝的朱祁镇，有感于伯颜帖木儿的深情厚谊，特赐予他四个儿子汉姓，并封三至五品不等的官职。

不是朋友的朋友

明英宗天顺元年（1457），被囚禁在南宫的英宗朱祁镇，在徐有贞、石亨和曹吉祥等人的帮助下，成功复辟，这就是历史上有名的“夺门之变”。作为大功臣的徐有贞被授予兵部尚书之职，后来又被封为武功伯兼华盖殿大学士（相当于宰相）。于是，大权在握的徐有贞开始了他的复仇之路，对象是“粉骨碎身浑不怕，要留清白在人间”的英雄于谦。

说来十分可笑，于谦遭此横祸，只因多年前的一句话。正统十四年（1449），京城被围，人心惶惶，侍讲徐珵（后改名徐有贞）夜观天象，认为应当迁都南京。于谦听后怒斥道：“提议南迁的人应当斩首！京师是天下根本，一动，便大事去矣。宋朝南渡的故事不就在眼前吗？”事实证明，于谦的看法是正确的，当然，他并没有因此杀掉主张南迁的徐珵，还多次向朝廷举荐他。

小人就是小人，你对他仁慈，他却在你背后捅刀子。

很快，于谦就被逮捕入狱，罪名是欲迎立藩王为帝。由于缺乏证据，徐有贞只好以“虽无显迹，意有之”为由，杀掉了一代忠良于谦。他也由此背负了千古骂名。

于谦死后，依照惯例应当抄家，一大群人兴高采烈地来到于谦家，以为会搜到无数金银财宝，但让他们失望的是，于谦家徒四壁，除了代宗朱祁钰赐给他的蟒袍和剑器外，家中竟无一件值钱的东西。抄家的人顿时没了嚣张的气焰，他们低着头默默地退了出去。

于谦被杀的那天，阴云密布，京城百姓无不痛哭流涕，自发为于谦祈祷默哀。

有一个叫朵儿的指挥官，虽然是曹吉祥的部下，却是一个有良心的人，他将酒泼在于谦死的地方，痛哭不已。曹吉祥知道后，十分愤怒，用鞭子抽打他，但朵儿丝毫不惧，第二天照样泼酒在地。

都督同知陈逢也被于谦的忠义所感动，他收殓了于谦的尸体，并在一年后将其送回杭州安葬。于谦的老家在杭州，算是魂归故里。

除了这些为于谦的死鸣冤叫屈的人外，还有一个人暗下决心，要不惜一切代价，为于谦讨回公道，这个人就是后来的吏部尚书、华盖殿大学士李贤。

李贤，出生于官宦世家，是明朝历史上难得的治世良臣之一。他与于谦同朝为官，算不上朋友，还因意见相左吵过架，但在李贤的心里，于谦是一个值得尊重的人，他正直刚正、勇于担当、忧国忘身，是明朝官场中的一颗明珠。就是这样一个为国为民、大公无私、清正廉洁的好人却被小人残害了，这如何不让天下士人寒心呢？虽然李贤很想站出来揭露“还乡团”的阴谋，但以他的实力根本无法与徐有贞、石亨和曹吉祥等人抗衡，于是他选择了隐忍。表面上，李贤与徐有贞、石亨等人打得火热，暗地里，却积极地谋划着如何铲除这些奸臣贼子。

不久，李贤利用徐有贞与石亨、曹吉祥之间的矛盾，率先解决了徐有贞。徐有贞被流放到金齿。随后，李贤又借皇帝之手，除掉了专横跋扈的石亨、石彪叔侄。消灭曹吉祥颇费了些周折，为此李贤还差点丢了性命。不过，曹吉祥最终还是得到了他应有的下场——凌迟处死。至此，陷害于谦的主要官员均被罢黜或处死，正义的力量是不可战胜的。

所谓公道自在人心，好人从来都不会被人忘记。李贤和于谦虽然不是朋友，但他们的心里有一个共同的信仰，那就是公理、正义！

不怕倭寇怕老婆的戚继光

明嘉靖年间（1522—1566），倭寇横行。他们在浙江、福建、广东等沿海地区四处抢夺掠杀，老百姓苦不堪言，朝廷多次派兵围剿，但都无功而返。因此，一提起倭寇，大家无不心惊胆战，谈虎色变。有一个人却将倭寇视若草芥，他就是山东登州的戚继光。

戚继光武艺超群，才智过人，作战勇猛，令倭寇闻风丧胆，敌人都称他为“戚老虎”。他曾带领三千多名戚家军，与倭寇进行了大小八十余仗，彻底扫平了倭寇之患，成为历史上可圈可点的民族英雄。可是，这样一位面对千军万马都面不改色的大将军、大豪杰，却怕老婆。

戚继光怕老婆怕到什么程度呢？据说，戚夫人让他朝东，他不敢朝西。在戚夫人面前，他总是温文尔雅，言听计从。他手下的将士们知道后，都愤愤不平，决心要帮他在老婆面前树立起威信。

一天，在下属的安排下，戚夫人被接到了军营，只见戚继光帐内兵士林立，一个个身披战甲，手握短刀长枪，目光如炬，一副杀气腾腾的样子。那阵势不要说一个弱女子，就是凶狠的强盗见了也会被吓得魂不附体。将士们满以为戚夫人会被吓得调头就跑，谁知戚夫人毫无惧色，朝坐在老虎椅上的戚继光大声责问道：“本夫人正忙着，你把我叫到这儿来有何贵干？”

戚继光听罢，慌忙从椅子上站起来，毕恭毕敬地对戚夫人说：“没什么事，只想请夫人到此阅兵！”

一计不成又生一计，将士们让戚继光用那把斩杀了无数倭寇头颅的利剑去吓唬一下戚夫人，让她不敢在夫君面前大呼小叫。刚开始，戚继光不愿意，但经不住下属的怂恿，喝了半碗酒后，他终于鼓足勇气，拔出明晃晃的利剑冲入家中。

当时戚夫人正在家中午休，她看见戚继光手提利剑，不禁一声怒喝：“你拿着把剑干什么？想造反呀？”戚继光听后吓得连手中的宝剑都坠落于地。他赶紧讨好说：“我看夫人终日操劳，想杀一只鸡给你补补身体。”戚夫人训斥道：“以后杀鸡不要弄出那么大的动静，影响本夫人休息。”戚继光连连点头称是。

后来，将士们又想了很多办法，但最终都没能让戚继光不惧内。于是，戚继光不怕倭寇怕老婆的事迹在民间传为佳话。

胡适曾说：“一个国家，怕老婆的故事多，则容易民主；反之则否。德国文学上极少有怕老婆的故事，故不易民主；中国怕老婆的故事特多，故将来必能民主。”

大凡怕老婆的男人，多半是出于对老婆的尊重和爱！像戚继光这样顶天立地的英雄，不要说一个手无缚鸡之力的女子，就是一只老虎站在他面前，他也丝毫不会退缩。再说，在封建社会，男人一纸休书就可以将女人扫地出门，又何须受老婆的气呢？

钱谦益与柳如是

钱谦益是明末清初的文坛泰斗，也是东林党的领袖之一，官至礼部侍郎。崇祯十四年（1641），年近花甲的钱谦益认识了秦淮名妓柳如是，并深深地爱上了这位小他 36 岁的奇女子。

柳如是，原名杨爱，出生于浙江嘉兴，自幼聪明伶俐，活泼可爱，不幸的是，8 岁那年她被歹人拐卖到了青楼。老鸨徐佛见她天生丽质，清雅脱俗，觉得有利可图，便专门请人教授柳如是琴棋书画。柳如是聪慧灵巧，悟性极高，不出几年，各方面都学有所成。

柳如是第一次见到钱谦益是在杭州西湖的游船上，那时钱谦益因贿赂上司一案被罢免官职，心情十分抑郁，便荡舟湖上，以排解苦闷。钱谦益见到柳如是后十分震惊，他没想到世间竟有如此才貌双全的女子。在西湖边的凉亭里，他们就像一对相交多年的老友，一边赏景，一边吟诗。钱谦益被柳如是的热情与活泼所感染，觉得自己一下子年轻了许多，心中的烦恼顿时烟消云散。

随后，钱谦益回到了常熟。他怎么也想不到，两年后，柳如是会登门看望他。那天，柳如是女扮男装，来到钱谦益的住处半野堂，见钱谦益一脸疑惑的样子，随即赋诗一首："草衣家住断桥东，好句清如湖上风。近日西泠夸柳隐，桃花得气美人中。"钱谦益听罢，立刻认出了柳如是，压抑在心中的感情也如潮水般涌出。为了表达对柳如是的爱慕之情，钱谦益特地为她修建了一座精美典雅的小楼，并取名为“我闻室”。小楼落成后，钱谦益亲自题了一首诗：“清樽细雨不知愁，鹤引遥空凤下楼。红烛恍如花月夜，绿窗还似木兰舟。曲中杨柳齐舒眼，诗里芙蓉亦并头。今夕梅魂共谁语？任他疏影蘸寒流。”

柳如是十分感动，虽然他们之间年龄悬殊，但能与这样一位博学多才、性情纯真的男人相守一生，也不失为一件幸福的事。于是，她立即回诗一首：“裁红晕碧泪漫漫，南国春来正薄寒。此去柳花如梦里，向来烟月是愁端。画堂消息何人晓，翠帐容颜独自看。珍贵君家兰桂室，东风取次一凭栏。”

第二年夏天，钱谦益不顾亲戚朋友的反对，不顾封建礼教的束缚，以正妻之礼将柳如是迎娶进门。婚后，他们过着神仙眷侣般的日子，夫唱妇随，琴瑟和鸣，相依相偎，游山玩水，吟诗作赋。

然而，幸福的日子总是那么短暂，没过多久，清军入关，山河破碎，明朝宣告灭亡。

作为明朝子民，柳如是决定与丈夫一起投湖自尽，以死殉国。谁知钱谦益怕死，当他们准备纵身跳进湖心时，钱谦益竟以水冷为由，将柳如是强行拖了回去。最终，钱谦益投靠了清廷，官拜礼部侍郎。随后，在柳如是的苦苦劝说下，钱谦益才放弃了官位，归隐乡里。

1664 年，83 岁的钱谦益离开了人世。两个月后，柳如是也悬梁而亡，随钱谦益而去。就这样，一对才子佳人相继化作一道青烟，留在了历史的天空。

俞樾葬齿悼妻

俞樾是清末著名学者，被尊为“朴学大师”，他既是国学大师章太炎的老师，也是现代诗人俞平伯的曾祖父。提起俞樾，大家一般都会想到他的皇皇巨著《春在堂全书》，而很少有人关注他的感情生活。其实，俞樾不仅是一位文学大儒，也是一位有情有义的好男人。

1839 年，年仅 19 岁的俞樾与表姐姚文玉结为夫妻，虽说这是父母定下的娃娃亲，但俞樾与文玉一起长大，两人情投意合。婚后，夫唱妇随，十分恩爱，并育有两男两女。

但美中不足的是，俞樾没有房子，他们一直住在岳父家。对于这一点，俞樾一直心存愧疚，他觉得，作为一个大男人，不能给妻儿提供一个温暖的住所，这是自己的无能与失职。倒是文玉善解人意，不仅没有丝毫的怨言，还常常安慰俞樾说：“吾终当与君创造一好家居耳。”

功夫不负有心人，30 岁那年，俞樾终于考中了进士。而在此前的复试中，他的表现尤为出色。这年复试的诗题为“淡烟疏雨落花天”。俞樾跳出众人在悲伤处做文章的俗套，写出“花落春仍在”的佳句。此句深得主考官曾国藩的赏识，赞曰：“此与‘将飞更作回风舞，已落犹成半面妆’（宋祁诗）相似，他日所至，未可量也。”遂将其名次移至第一，并推荐给咸丰皇帝。

文玉喜闻丈夫高中，赶紧赋诗一首：“耐得人间雪与霜，百花头上尔先香。清风自有神仙骨，冷艳偏宜到玉堂。”这首诗既是向俞樾道贺，也是提醒丈夫要像梅花一样保持铮铮傲骨。

然而，俞樾天生不是做官的料，仅当了一任河南学政，就因“试题割裂经义”，被御史弹劾，削职归田，永不再用。俞樾被罢官后，文玉没有一句责怪的话，只是陪在他的身边，温言细语地劝慰他，让他淡忘心中的烦恼。1858 年，俞樾带着家人来到了苏州定居，从此不问政事，一心治学。

多年的操劳和漂泊，致使文玉未老先衰，刚过 48 岁就开始掉牙齿。俞樾见状，心痛不已，把妻子的落牙细心地包好，并悄悄地保存起来。

1874 年，俞樾在友人的资助下，购得一块故宅废地，并亲自规划，建屋 30 余楹，作为起居、著述之处。在居住区之西北，原有曲尺形隙地，取老子“曲则全”之意，构筑小园，取名“曲园”，“春在堂”匾额由曾国藩手书。这是俞樾与文玉第一个真正意义上的家，忆及往事，两人相对唏嘘。

可是，幸福的日子并没有持续多长时间。1879 年，文玉一病不起，临终前，她拉着俞樾的手说：“吾不起矣，君亦暮年，善自保重。”俞樾悲痛欲绝，“奉其柩仍至俞楼，悼亡歌哭，有‘月到旧时明出，与谁同依栏干’之感”，他将文玉葬于杭州右台山。自己在墓侧筑室三间，和夫人日夜相守。拳拳之情，不以生死有殊。

1881 年，61 岁的俞樾也开始掉牙了，他把自己的落齿与珍藏多年的文玉的牙齿放到一起，一同葬在杭州俞楼后面，取名“双齿冢”，并作《双齿冢诗》：“他日好留蓬颗在，当年同咬菜根来。残齿零落存无几，尽拟相从到右台。”以此表达对亡妻的无尽思念。

守望一生只为爱

大家应该都知道鲁迅、许广平，却很少有人了解朱安。朱安是什么人呢？她就是鲁迅的原配夫人，一个被世人所遗忘的悲剧女性。

1878 年，朱安出生在绍兴一个商人家庭，从小接受封建礼俗教育，裹小脚，做女红，学烹饪。她虽然识字不多，但性格温和，勤劳敦厚，深受鲁迅母亲的喜爱。

1901 年 4 月 3 日，鲁迅的母亲亲自去朱家“请庚”，在没征得鲁迅的同意的情况下，为他们定下了这门亲事。尽管鲁迅是一个有知识、有文化的新青年，但无奈母命难违，他只好勉为其难地答应了这门婚事。不过，他对朱安提出了两点要求：一是放脚，二是读书。

1906 年 7 月 6 日，这是朱安悲剧命运的开始。一大早，朱安打扮得漂漂亮亮的，怀着美好的憧憬等着鲁迅家的花轿的到来。朱安知道鲁迅不喜欢小脚女人，为了讨他欢喜，她特地穿了一双比较宽松的鞋子，在里面塞了许多棉花。然而，朱安的这个小伎俩一上轿就被拆穿了。由于轿子过高，加上朱安头上顶着盖头，一不小心，绣

花鞋掉了下来，露出了里面的“三寸金莲”。也许就是从那一刻起，鲁迅对朱安彻底没了好感。

新婚之夜，本是一个女人最幸福的时光，然而这一夜是朱安一生中最痛苦、最难熬的一个夜晚。从她进入新房后，鲁迅就没碰过她一下，甚至没正眼瞧过她。朱安泪流满面，却又无处诉说，她在心里问自己：“我到底做错了什么？为何大先生（指鲁迅）要这样待我？”

结婚仅 3 天，鲁迅就带着弟弟周作人去了日本。这一去就是 13 年，留下朱安一个人独守空房，其中的痛苦，恐怕只有朱安自己知道。

1919 年 11 月，朱安随婆婆和小叔子周建人来到了北京，与鲁迅团聚。久别重逢，这对朱安来说，本来是一件万分欣喜的事情，可是鲁迅很木然，很少和她说话，就像一个陌路人似的。朱安激动的心，一下子掉进了冰窖里。在北京生活的那段时间，朱安与鲁迅几乎每天只重复相同的三句话——早上，朱安说：“大先生，吃饭了。”鲁迅答：“好！”中午，朱安说：“大先生，吃饭了。”鲁迅答：“好！”晚上，朱安说：“大先生，吃饭了。”鲁迅答：“好！”

朱安爱她的大先生，愿意为他付出一切，可是她不懂大先生的心，更不懂大先生所忙的事业。她渴望和大先生能像其他夫妻一样恩恩爱爱，夫唱妇随。可是，她又不知道如何跟大先生交流，况且大先生总是躲着她，不愿与她亲近。

鲁迅对朱安的态度十分决绝，除了供她吃穿外，几乎没给过她一丝温暖。在家里，为了避免与朱安接触，鲁迅把一口箱子的箱体和盖子分开摆放，箱子里放洗好的衣服，盖子上放换下的脏衣服。对此，朱安很知趣，她总是默默地把盖子上的脏衣服洗干净，又默默地把晒干的衣服放回箱子里。即便鲁迅这样对她，她还是处处维护他，常常对外人说：“大先生是一个好人，他对我很好。”

朱安一直天真地认为，她可以像蜗牛一样慢慢地爬，总有一天她会爬到墙顶，得到大先生的心。可是，她的这个梦还是被破灭了，她无怨无悔的付出并没能得到鲁迅的心。

不久，鲁迅娶了许广平，面对自己的情敌，朱安表现得十分从容大度，她像对待亲姐妹一样对待许广平，像疼爱自己的孩子一样疼爱周海婴。甚至在鲁迅去世后，朱安还托人带信给许广平，让她与自己同住。她在信中说："许妹及海婴为堂上所钟爱，倘肯朝夕随侍，可上慰慈怀，亦即下安逝者。"

1936 年 10 月，朱安所钟爱的大先生在上海病逝。听到这个消息，朱安伤心欲绝，感到自己的世界一下子坍塌了。虽然这个男人从未爱过自己，但在她的心里，他是她的全部。如今他走了，她心中的最后一点希望也随之破灭。

40 多年来，鲁迅除给了朱安一个名分（当然属于有名无实）外，什么也没有给她。然而，朱安没有丝毫的怨恨，心甘情愿地照顾着鲁迅的母亲，打理着这个家庭，她用自己的生命爱着她的大先生。

1947 年 6 月 29 日，空守了一生的朱安孤独地离开了人世。逝世前她只有一个愿望，那就是希望能葬在大先生的旁边，永远地陪着他，照顾他。但就是这么一个小小的愿望最终也未能实现。死后，她被葬在了鲁迅母亲的墓旁，连一块墓碑也没有。

不做秋天的扇子

提起徐志摩、陆小曼，可能人所尽知，但提起张幼仪，知道的就较少了。张幼仪是徐志摩的结发妻子，也是一位不幸的女子，她虽然一心一意想要做一个好妻子、一位好母亲，但仍摆脱不了被抛弃的厄运。

15 岁那年，张幼仪就读于江苏省立第二女子师范学校。一天，她接到家中来信，要她尽快回家相亲。尽管张幼仪不想这么早就嫁人，但父母之命难违，她只好无可奈何地放弃了学业。然而，令她意想不到的是，对方竟是风流倜傥的年轻才俊——徐志摩。

张幼仪与徐志摩的结合可谓郎才女貌，门当户对。按理说这样的婚姻应该很幸福，可是，事实并非如此。

张幼仪很喜欢徐志摩，但徐志摩一点儿也不喜欢张幼仪。因此，在长子徐积锴出生后不久，徐志摩就找了一个借口，逃也似的溜到了英国。

徐志摩在英国留学期间，很少给张幼仪打电话、写信。张幼仪的二哥获悉这一情况后，给徐志摩写了一封信，狠狠地斥责了他一番。徐志摩迫于无奈，只好极不情愿地将张幼仪母子接到身边，但他对张幼仪的态度十分冷淡，就像对待陌生人一般。

原来，徐志摩爱上了另外一个女子，她就是当时有名的才女林徽因。张幼仪察觉后，内心十分痛苦，她没想到自己热烈地爱着徐志摩，却无法得到他的回应。面对爱人的背叛，张幼仪表现得出奇的冷静。她找到徐志摩，问他："怎么办？"徐志摩说："我们本来就没有感情，与其痛苦地生活在一起，不如好聚好散，各自寻找自己的幸福。"

伤心欲绝的张幼仪离开了伦敦，带着儿子徐积锴去了德国，而此时她已有了两个月的身孕。1922 年，张幼仪产下第二个儿子彼得后，在柏林与徐志摩正式签字离婚。这对一个女人来说，是多么的不容易啊！那个时候离婚要顶着很大的舆论压力，但坚强的张幼仪挺了过来。

与徐志摩离婚后，张幼仪并没有因此而沉沦，为了证明自己可以活得更好，她选择了求学深造。张幼仪坚信，没有男人宽厚的肩膀，自己照样可以生活得很好。1926 年夏天，张幼仪学成归国，先是在东吴大学教德语，随后又下海经商，先后做了上海女子商业银行副总裁、云裳服装公司总经理、社会党财务总管等。张幼仪用实际行动证明了自己不是一把秋天的扇子。

1953 年，寡居三十余年的张幼仪终于在香港找到了自己的爱情和归宿。她打算嫁给苏纪之的时候，她给远在美国的儿子徐积锴写了一封信，并征求他的意见。徐积锴在回信中说："母孀居守节，逾三十年，生我抚我，鞠我育我……综母生平，殊少欢愉，母职已尽，母心宜慰，谁慰母氏？谁伴母氏？母如得人，儿请父事。"得到儿子的理解和支持后，张幼仪再无顾忌，不久就与苏纪之完婚，并幸福地度过了后半生。

张幼仪时常用班婕妤的《怨歌行》来比喻自己和那个时代的女子："我是秋天的一把扇子，只用来驱赶吸血的蚊子。当蚊子咬伤月亮的时候，主人将扇子撕碎了。"包办婚姻造就了许多不幸的女子，她们大多凄苦一生。张幼仪却能化悲愤为力量，勇敢地面对一切，用自己的双手撑起了一片蓝天。

孙伏园掌掴刘勉己

孙伏园，原名福源，字养泉，出生于浙江绍兴，是我国现代著名的散文家、编辑，有着“副刊大王”的美称，先后担任过《国民公报》《晨报》《京报》等报纸的副刊编辑，还主编过《贡献》和《当代》等杂志。孙伏园不仅是一个尽职尽责的好编辑，也是一个义薄云天、刚正不阿的人，他曾为鲁迅的一首诗而掌掴上司，愤然辞职。

1924 年，孙伏园供职于《晨报》副刊。一天，他收到了鲁迅寄来的一份稿件，这是一首拟古的新打油诗，题为《我的失恋》，全诗共分为四节，大致讲述了“我”失恋的原因和经过。孙伏园读罢，知道鲁迅先生是借此诗讽喻文坛盛行的“失恋”之风。

当时，一些有文化的知识青年不顾国家兴亡，终日沉溺于风花雪月中，把个人爱情看得高于一切，似乎失恋了，就失去了生命，就没有生存的必要了；而且一旦失恋，他们就大作“啊呀，我要死了”之类的消沉、无聊的诗篇。孙伏园向来讨厌那种无病呻吟的文章，尤其是失恋诗，动不动就要死要活，让人十分反感，他认为是该杀一杀这股不良的风气了。

于是，孙伏园准备将这篇稿子刊发在第二天的报纸上。按照惯例，头天晚上，他来到报馆检查大样，看看还有没有什么需要修改的地方。当他的目光扫过那些已经编排好的文字时，他惊愕地发现，鲁迅的那首诗被人撤掉了。孙伏园不禁大发雷霆，厉声责问报馆的工作人员：“这是谁干的？”有人小声地回答说：“是代理总编刘勉己要求我们这么做的。”

刘勉己为什么要拿掉鲁迅先生的这首诗呢？原因很简单，因为诗中多处影射了徐志摩与林徽因。徐志摩在伦敦留学时，苦苦追求过林徽因，为了林徽因，他甚至抛弃了妻儿，还与父亲断绝了关系。可是后来，林徽因与梁启超的大公子梁思成订了婚。徐志摩心灰意冷，只好用诗歌来抒发自己失恋的心情，直到陆小曼的出现，才让他重新恢复了活力与热情。刘勉己作为徐志摩的同乡兼好友，自然对这些事情了如指掌，他一看到鲁迅的诗，就知道是针对徐志摩的。

孙伏园不明白其中的缘故，找到刘勉己大吵大闹，非要他说出个子丑寅卯来。而刘勉己仗着自己是《晨报》的代理总编，丝毫没将孙伏园放在眼里。他嘴里就一句话，鲁迅的其他作品可以刊发，但这首诗绝对不行！孙伏园十分痛心，他觉得自己对不住鲁迅，也没有尽到一个副刊编辑的职责。一气之下，他狠狠地扇了刘勉己一个大耳光，然后转身而去，并于次日辞去了《晨报》副刊编辑的职务。

孙伏园与鲁迅可以说亦师亦友，虽然后来两人的关系有所疏离，但在孙伏园的心中，鲁迅永远都是他最崇敬的人。因此，在 1936 年，当惊闻鲁迅逝世的消息时，他忍不住泪流满面，随即作下挽联：“踏莽原，刈野草，热风奔流，一生呐喊；痛毁灭，叹而已，十月噩耗，万众彷徨。”该对联是用鲁迅先生所著书名和主编的刊名巧妙地连缀而成的，充分表达了孙伏园对鲁迅先生的无限哀思。

王守义与潘玉良的师友情

王守义是著名的爱国华侨，早年随邓颖超、周恩来、邓小平、何长工等来到法国，并在那儿与我国著名的女画家、雕塑家潘玉良结下了一段不解之缘。

1937 年，中国乐园的主持李林先生想订一座格鲁赛先生的雕像。刚来巴黎的王守义陪同李林前往制作这座雕像的雕塑家那里。令他意想不到的是，这位雕塑家竟是他在中央大学艺术系求学时的老师潘玉良。从那以后，王守义经常去探望潘玉良。

没过多久，抗战全面爆发，国内一片混乱。惊闻南京失陷，潘玉良的心情万分沉痛，特别是当她失去了与家人的联系后，整天就像掉了魂似的，打不起一点儿精神。幸好那段时间有王守义陪着，他不停地安慰她，鼓励她，并在经济上给予她支持，才让她渡过了人生中的难关。

在与潘玉良的长期相处中，王守义的心里渐渐滋生出一种爱的情愫。1938 年的一天，王守义陪潘玉良去塞纳河写生，面对如诗如画的风景，他终于鼓起勇气，向潘玉良表白了。潘玉良听后十分震惊，尽管王守义是一个很不错的人，值得她托付终身，但她的心里只有潘赞化（潘玉良原姓张，后随夫姓，更名潘玉良）。于是，潘玉良抱歉地说："感谢你的一番好意，但我没有这个权利。第一，我比你大；第二，我早已为人之妻。虽然现在我与他远隔重洋，但终有一天，我会回到他的身边。”

王守义听后，眼泪夺眶而出。他知道，潘玉良是一个重情重义的女子，她绝对不会背叛自己的感情。既然此生做不了她的情郎，那就做一辈子的朋友，做一辈子的守护神。

时间一晃就过去了30多年，在侨居巴黎的日子里，王守义始终陪伴在潘玉良的左右，默默地为她遮风挡雨。她的画卖不出去时，他就慷慨解囊，为她四处张罗；她的画室被暴风雨破坏时，他就帮忙修整，让她安心作画；她生病时，他就守在一旁，为她端茶递水；她不开心时，他就给她讲笑话，直到她露出笑容为止。

王守义为潘玉良奉献了一生，但他终究还是无缘与她牵手。1977年，潘玉良病重。在弥留之际，她掏出一块怀表和一条嵌有她与潘赞化合影的项链，郑重其事地放到王守义的手里，然后用微弱的声音说：“好兄弟，请你务必将这两样东西带回国内，交给赞化的儿孙们……还有那张自画像，也请你带回去，就算我回到了祖国……拜托了！……”她始终还是忘不了潘赞化。

潘玉良去世后，王守义在巴黎市区买了一块为期100年的墓地，并为她举办了一场隆重的葬礼。为了保住潘玉良一生的心血，王守义还出巨资在巴黎博物馆租了一间陈设室，使得潘玉良的3000多件艺术品得以完整地保存下来。按照潘玉良的遗愿，王守义历经千辛万苦，终于在1983年，将她所有的画作都运回了祖国。

1981 年 5 月 5 日，漂泊一生、孤苦一生的王守义在巴黎的一家医院去世。当时他正筹备着回国，打算落叶归根，可是天不佑人，他连最后一个愿望也未能实现。

智者千虑

纵观中国历史，很多功臣因为权力、地位和金钱，不是身败名裂，就是身首异处，落得个『狡兔死，走狗烹；飞鸟尽，良弓藏；敌国破，谋臣亡』的可悲下场，但他们不一样，他们运用自己的智慧，演绎了一段段精彩的

晏子巧谏齐景公

春秋时期，齐景公为了巩固自己的政权和地位，也为了顺利地收取各种税赋，制定了一系列高压政策，凡有作奸犯科者，无论轻重，一律严惩不贷。为此，有的人失去了脚，有的人失去了手，有的人失去了耳朵……在这种残酷的统治下，老百姓苦不堪言，怨声载道，却又无计可施。

对于这一切，齐国贤相晏子看在眼里，急在心里。他很想直接劝谏齐景公，痛斥酷刑之弊端，并让齐景公废除这些有失人道的刑罚。可是，他又担心直言进谏会让齐景公下不了台。

晏子知道，齐景公生性好强，又高高在上，不一定会采纳他的意见，要是在朝堂上触怒了国君，不仅达不到进言的目的，还可能会让自己身陷囹圄。经过一番深思熟虑，晏子最后还是决定将这件事暂时放一放，等以后有机会再向齐景公进谏。

一天，晏子陪齐景公在花园里闲逛，君臣二人相谈甚欢，气氛融洽。就在这时，齐景公突然对晏子说："先生住在市集附近，想必对市场行情非常了解，您一定知道市场上什么东西最贵，什么东西最便宜吧？"

听了齐景公的问话，晏子不

觉眼前一亮，困扰在他心中多日的难题，终于有了解决的办法。

晏子明白齐景公话里的意思，他无非是想追求最昂贵的奢侈品，以满足自己的私欲。于是，晏子顺着齐景公的意思，不慌不忙地说：“回大王，目前市场上最昂贵的东西当属假脚，贵到可以与金银珠宝相提并论；最便宜的东西当然是鞋子，便宜到不值一文。”

晏子的回答让齐景公疑惑不解，他好奇地问：“先生，这是何故？难道大家都不喜欢穿鞋子了吗？”

晏子故作释然地说：“这有什么奇怪的，因为犯了大大小小的罪过，被砍去脚的人不计其数，鞋子对他们来说毫无用处，倒是假脚能派上用场，所以大家都争先抢购，假脚一时成了最紧俏的物品。”

齐景公听后久久不语，对齐国的刑罚进行了反思。不久，他下令废除了一些不合理的律法，减轻了刑罚。从此以后，齐国被砍脚的人明显减少了，举国上下无不欢呼，大家四处传颂着齐景公的恩德。

一件本来很棘手的事情，就这样被晏子的三言两语给摆平了。由此可见，说话的方式和时机有多么重要。做人有时就应该像水那样，顺道就直流，遇阻便绕行。凡事转一个弯，往往能取得意想不到的效果。

张良拒封万户侯

张良是秦末汉初一位著名的政治家、军事家，有着“运筹帷幄之中，决胜千里之外”的超群智慧，是汉高祖刘邦的主要谋士，他对汉朝的建立和政权的巩固起到了至关重要的作用，与韩信、萧何并称为“汉初三杰”。

公元前 202 年，刘邦击败项羽，统一天下，众诸侯联名上表推举刘邦为皇帝。刘邦称帝后，在洛阳南宫大宴群臣。文武百官济济一堂，觥筹交错，君臣同乐，好不热闹。

汉高祖刘邦高高地坐在龙椅之上，显得特别高兴。他问大家：“你们实话实说，为什么我能夺得天下，而项羽会失去天下？”群臣议论纷纷，说法不一。刘邦听后微笑着说：“众卿只知其一，不知其二，我之所以能取得天下，是因为我拥有张良、萧何和韩信这三位人中豪杰。”

汉朝建立后，刘邦对一干有功之臣，依次进行封赏。韩信由之前的齐王改封楚王。萧何被封为了酂侯，并担任相国。他们的食邑皆超过了万户。

要赏张良土地时，刘邦说：“张爱卿，你可以在齐国属地任选三万户作为食邑。”此话一出，群臣哗然，都向张良投来羡慕的目光。对于文官武将来说，封万户侯是他们梦寐以求的事情，更何况是在齐地自选食邑三万户，这是多大的恩宠和荣耀啊！让人万万想不到的是，如此好事，张良却婉言拒绝了。

张良说："韩国破灭后，臣已沦为一介布衣，好在皇上不厌弃臣，留臣在身边，臣已感到非常满足。当初臣在下邳起事，与陛下会合于留县，这是上天把我交给陛下。陛下采用我的计谋，幸而经常生效，臣受封留县（今江苏沛县）就足够了，不敢承受三万户，请陛下收回成命吧！"

留地是张良与刘邦相遇的地方，也是刘邦起兵的地方，张良主动要求去留地，一则表明了自己没有野心，二则表明了对刘邦的感激。刘邦当然爽快地答应了张良的要求，封他为留侯。

从那以后，张良便很少问及政事，称病杜门不出，过着隐居似的生活，行"导引""辟谷"之术，扬言"愿弃人间事，欲从赤松子游"。张良的急流勇退，使他避开了残酷的政治斗争，也为他赢得了生前身后名。

作为开国皇帝的刘邦，他对跟着自己一起打江山的兄弟们一直心存芥蒂，尤其是那些手握重兵、功高盖主的大臣。事实证明，张良的选择是正确的。

纵观中国历史，有多少人能拒绝权力、地位和金钱的诱惑，做到功成身退呢？因此，很多的有功之臣不得善终，不是身败名裂，就是身首异处，落得个"狡兔死，走狗烹；飞鸟尽，良弓藏；敌国破，谋臣亡"的下场。可以说，张良拒封万户侯既是一种智慧，也是一种人生境界。

萧何圈地释君疑

萧何是西汉初期著名的政治家，官至丞相，位列“汉初三杰”之首，对汉朝的建立和政权巩固起到了至关重要的作用。

虽然萧何的功劳最大，食邑最多，但他并没有因此居功自傲。他本以为做一个忠君爱民、清正廉洁、克己奉公的官员，就可以免遭他人的嫉恨，从而取得刘邦的信任，使自己留下千秋之名，然而，事情远没有他想象得那般简单、如意。

萧何设计诛灭韩信后，刘邦对他大加封赏，又是赏赐金银，又是升官加爵，还特别派送了500名护卫供萧何差遣。表面上看，萧何风光无限，实则暗藏杀机。

刘邦是一个多疑的人，凡是那些对他的统治构成威胁的人，他都一万个不放心，韩信的下场就是有力的证明。

可是，此刻萧何被喜悦冲昏了头脑，哪里意识到自己正身处险境之中，他还大摆宴席，庆贺圣恩。就在他酒酣耳热之际，一个身着孝服的门客闯了进来。萧何大怒，厉声喝道：“你这是干什么？存心要扫我的兴吗？”

这位门客名叫召平，原为秦朝的东陵侯，秦亡后他隐居山野，以种瓜为生，人称“东陵瓜”。萧何听说他的贤明后，便立即将其招为幕僚，时常与他议事，获益匪浅。

只见召平不慌不忙地说：“公勿喜乐，从此后患无穷矣！”萧何不解地问：“我进位丞相，宠眷逾分，且我遇事小心谨慎，未敢稍有疏虞，君何出此言？”召平回答说：“主上南征北伐，亲冒矢石。而公安居都中，不与战阵，反得加封食邑。我揣度主上之意，恐在疑公。公不见淮阴侯韩信的下场吗？”萧何一听，吓出了一身冷汗，酒也立刻醒了大半。

第二天上朝时，萧何力拒封邑，还把自己的大部分家财拿出来，填充到国库中。萧何的这一做法，虽然赢得了刘邦的赞许，但并没有就此消除刘邦对他的怀疑。

公元前196年，九江王英布造反，刘邦亲自率兵征讨，留下萧何镇守后方。身在前方的刘邦对萧何并不放心，每有输送军粮的官员到来，他总要详细询问萧何的所作所为。押送粮草的官员据实回答：“萧相国勤政爱民，除殚精竭虑地督办军需外，还想尽一切办法安抚、体恤百姓，大家有口皆碑，无不说萧相国的好。”刘邦听后，默默不语，但心里极为不快。

押送粮草的官员回来禀报萧何，萧何不明圣意，遂问及门客。其中一个有见地的人说：“萧相国离灭门不远了。”萧何听闻后十分震惊，赶忙追问其中的缘由。那门客说：“萧相国位列百官之首，且深得老百姓的拥护和爱戴，十多年来，百姓只知相国，而不感念皇上。皇上之所以三番五次地问及您的生活和工作状况，就是担心您借助在老百姓心目中的威望，行什么不轨的事啊！试想，如果您现在拥兵自立，岂不是将皇上置于进不能战、退不可归的境地吗？因此，皇上的担忧

并非多余。您若想消除皇上的这种猜忌，最好利用手中的权力贱价强买民间田地，使得怨声载道。那样皇上看你没什么野心，自然就会消除对您的疑虑了。”

萧何听后觉得很有道理，便听从了门客的建议，故意做了一些圈地、贪渎之事，以此自辱名节。不久，萧何的所作所为就被人密报给了刘邦。果然，刘邦听后，一笑置之，像什么事也没有发生似的，既没有对萧何进行彻查，也没有给予任何的处分。

当刘邦凯旋时，老百姓拦路上书，控告萧何强夺、贱买田地民宅，价值数千万。出乎意料的是，刘邦并没有将萧何缉拿归案，而是笑着将百姓的状纸交给了萧何，用略带责备的语气说：“你身为相国，竟然也和百姓争利，你就是这样‘利民’的吗？你自己向百姓谢罪去吧！”

审时度势，谦虚谨慎，大智若愚，知人善用，委曲求全，这是萧何一贯的处世原则，这也使得他在危机四伏、复杂多变的政治斗争中能立于不败之地。

善于作秀的光武帝

新朝末年，天下大乱，布衣刘秀与其长兄刘縯居于南阳一隅，他们靠种地、做小生意为生。刘秀虽然心怀天下，想要干一番大事业，却表现得从容淡定，好像一点儿也不关心眼下的局势，倒是刘縯整天嚷嚷着要图谋大事，并四处结交英雄豪杰，随时准备揭竿而起。可以说，在起事一事上，刘秀下足了功夫，只待时机成熟。当天下群雄纷纷举旗而动时，他也毫不犹豫地带领着宗室兄弟在舂陵起兵。

后来，为了提高战斗力和影响力，刘秀与实力强劲的绿林军首领刘玄合作。刘玄兵多粮足，刘秀智勇双全，在他们的共同努力下，这支义军屡屡击败王莽大军，声名远播，天下英雄争相附之。

不久，刘玄在手下将领的拥戴下登上帝位，改元为“更始”。对此，身为大功臣的刘縯极为不满，他丝毫不将刘玄放在眼里，还三番五次地违抗刘玄的命令。刘縯与刘玄的不合，最终导致了绿林军与舂陵军的分裂。刘玄忍无可忍，抓住一个机会就将刘縯斩杀了。

兄长被诛杀，要是换作别人，一定会兴师问罪，与刘玄拼个你死我活。但刘秀并没有那样做，他知道刘玄敢杀刘縯，同样也敢杀自己。为了消除刘玄对他的猜忌，刘秀强忍心中的悲痛，装作没事似的返回京城，并主动向刘玄负荆请罪。在朝堂之上，刘秀非但没向刘玄表功，还一再声明，长兄犯罪，自己难辞其咎，请求重重责罚。刘秀的真诚与恭敬使得刘玄很不好意思，不仅对刘秀没了戒备之心，内心还有一丝丝的惭愧，遂封刘秀为武信侯。

随后，刘秀回到了他的驻地宛城。为了进一步表明自己没有野心，也为了表明与长兄刘𬙂划清了界限，刘秀不仅没有为刘𬙂大办丧事，甚至守孝不到半年，就迎娶了新野豪门千金阴丽华，并沉醉在儿女情长之中，终日吟诗作画，种菜浇花，不问政事。刘玄从探子那里得知这一消息后，不觉会心地笑了。

公元 23 年十月，刘秀终于迎来了他事业上的春天，更始帝刘玄派他到河北去招抚当地的割据势力。尽管刘秀是单车空节巡河北（刘玄没有为他配置兵马和粮草），但他还是十分高兴。这无异于虎出牢笼，蛟龙入海。刘秀从此一去不复返，索性在河北鄗城的千秋亭称帝，公然与更始帝对抗。

刘秀坐拥天下之后，更是将作秀的本领发挥到了极致。有一次，阳湖公主（刘秀的姐姐）的一个奴仆犯了罪，被洛阳令董宣抓住并处死。阳湖公主十分恼怒，直接告到了刘秀那里。刘秀怕姐姐责怪，便装模作样地将董宣抓起来，并让他向阳湖公主道歉。然而，董宣是一个认死理的硬骨头，他宁死不屈，拒不向阳湖公主道歉。武士无奈，只好将董宣强按在地，谁知董宣仍苦撑着不磕头。于是刘秀笑着说，真是一个不折不扣的“强项令”，遂让武士放了董宣，还大大地赏赐了他。一帮大臣被感动得热泪盈眶，嘴里不断地高呼着：“万岁，万岁，万万岁！”

做人当学刘备

在《三国演义》里，刘备是实力最弱的，没有袁绍的兵强马壮，没有曹操挟天子以令诸侯的优势，也没有孙权退可守、进可攻的城池。兵不过几千（最多时不过几万），除了关、张、赵几位虎将外，他连一个安身之所都没有。一路走来，他却与曹操、孙权三分天下，做了蜀国的开国皇帝。

东汉末年，皇室暗弱，天下大乱，24 岁的刘备怀着一腔赤诚，应征入伍，因讨伐黄巾军有功，被封为安喜县县尉。几个月后，督邮行部至县，索贿不成，以言语相辱。张飞一气之下，鞭笞督邮，刘备不得不弃官逃命，往代州投刘恢。刘备后又为贼人所迫，投奔公孙瓒。

建安元年（196），曹操上表刘备为镇东将军，封宜城亭侯。袁术率大军攻打徐州，刘备起兵相迎，两军相持于盱眙、淮阴。而就在这时，被刘备好心收留的吕布偷袭下邳，并顺利占领了徐州。刘备退军返回，中途军队溃散，在广陵又遭到袁术伏击，幸好得到麋竺以家财助军，方才保存了一点实力。无家可归的刘备不得不与吕布求和，被允驻军小沛。不久，吕布中了曹操的反间计，率军攻打刘备。刘备兵败，只得前往许都投奔曹操。

建安五年（200），衣带诏事发，曹操亲率大军东征刘备，刘备向袁绍求助，袁绍拒绝发兵。无奈之下，刘备只得从张飞之计夜袭曹操，谁知曹操早有防备，设下八面埋伏。刘备军败，欲还小沛，去路已断，欲投徐州、下邳，又恐曹军截住；寻思无路，只得北奔袁绍。随后，刘备又离开袁绍，前往荆州投靠刘表。

建安十三年（208），刘表病死，曹操挥军五十万南下，直取荆州，刘表次子刘琮惧曹，开城投降。眼见曹军来势汹汹，锐不可当，刘备只得放弃新野，前往江夏与刘表长子刘琦兵合一处，以拒曹操。刘备携十余万百姓，日行十余里，往江陵进发。在当阳景山，曹军追至，喊声震地，刘备急率本部精兵两千余人迎敌，战于当阳长坂坡。刘备大败，幸好张飞引军而至，杀开一条血路，救出刘备，仓皇逃往江夏，手下随行之人，仅有百余骑。在长坂坡一役中，刘备之妻糜夫人死于乱军之中，若不是赵云单骑救主，甘夫人和幼主刘禅也险些命丧敌手。

同年，刘备从汉津港转至夏口，派诸葛亮前往东吴游说孙权，共同对抗曹操。在诸葛亮的努力之下，孙权答应与刘备联合，命周瑜、程普为左右督军，率军三万，与刘备并力，在赤壁大败曹操。刘备乘胜追击，迅速夺取了荆南四郡，又逢庐江雷绪率数万人前来投奔，从而大大增加了刘备的实力。

建安十四年（209），刘琦病逝。众人推举刘备为荆州牧，至此年逾49岁的刘备才有了一座属于自己的城池。

再回过头来看刘备，从镇压黄巾起义到赤壁之战，他几乎一直过着逃亡似的生活，被别人追来打去，狼狈不堪。然而面对人生中的种种不如意，刘备毫不气馁，知难而上，坚信坚持自己的信仰，屡败屡战，越挫越勇，最终成就了一番惊天动地的伟业。

刘伯温的隐与显

在追随朱元璋以前，刘伯温一直过着半隐居的生活，他一边教书育人，一边研习兵法、天文等。

这年，朱元璋手下一个叫胡大海的人听说处州附近有几个隐士很有才能，便命人去请，这其中就包括后来帮朱元璋一统江山的刘伯温。其他几个人一请就到，唯独刘伯温不肯来。胡大海又派人去请，刘伯温还是不来。胡大海气愤道："好你个刘伯温，架子不小啊，你不来，我还不稀罕呢！"可身边的人说："这个人'上知天文，下知地理'，是个难得的人才。"

于是胡大海向朱元璋报告了此事，朱元璋听后很感兴趣，虽然他做不到像刘备那样三顾茅庐，但他同样求贤若渴。他立即派了孙炎再去请，还带了许多礼品。谁知这个刘伯温不知好歹，硬是不给朱元璋面子，为表决心，他还回赠了一把宝剑。孙炎可没有胡大海的耐心，丢给刘伯温一句话："剑当献天子，斩不顺命者。"刘伯温是个聪明人，他知道，如若自己再这样故作清高，恐怕只能做刀下鬼了。

要说刘伯温没有野心，那肯定是假话，要不然，他也不会多次参加元朝的科举考试，也不会尽职尽责地当了五年的县丞。其实，他蛰居乡野，一方面是为了观察形势的发展，另一方面也是在等待机会。当时，江浙的义军有三大阵营——张士诚、陈友谅和朱元璋。其中，陈友谅的势力

最强，朱元璋的势力最弱。在形势不明朗的情况下，最好的办法就是等待。因此，他不想这么快就做出选择。

投靠朱元璋后，刘伯温一直很少发言，这其中主要有几个原因：一则，自己初来乍到，人微言轻；二则，尚未取得朱元璋的信任，锋芒太露只会引火烧身；三则，没有大的战事，不足以展现自己的才能。

刘伯温这样做是对的，朱元璋手下的谋士没人将他放在眼里，自然也没人排挤他、陷害他。当然，刘伯温的隐忍不是懦弱，而是为显露做准备，他追求的是“不鸣则已，一鸣惊人”。

机会终于来了，至正二十年（1360），陈友谅率精锐部队大举来犯，以朱元璋的实力根本无法与之抗衡。应天（南京）城内一片慌乱，朱元璋急忙召集手下谋士，商议破敌之策。平日里那些自诩才智过人、神机妙算的谋士，此刻都没了主意，他们有的主张投降，有的主张放弃应天，但就是没人主张御敌。面对陈友谅强大的军事实力，不要说那些谋士，就连朱元璋本人也十分忌惮。

就在这时，刘伯温站了出来，他大声地斥责道：“那些主张投降或逃跑的人应该抓起来杀掉，敌人未到，你们就被吓成这个样子，也太丢主公的脸面了。”

大家都把目光投向了刘伯温，心想，难道这人不怕死吗？

刘伯温没有理会，又接着说道：“陈友谅虽然强大，但他骄横，且不擅陆战，只要诱敌深入，再用伏兵攻击他，他一定会被打败。”

这是一个大冒险，谋士输不起，朱元璋更输不起，何去何从，实在难以定夺。

刘伯温见大家都不吱声，只好叹息着说：“如果失去应天，我们又能去哪儿呢？要走你们走，我誓与应天共存亡。”

都说患难之时见真情，在这生死存亡之际，刘伯温能够勇敢地站出来，并做出这样一番表态，怎能不让朱元璋感动呢？更何况，刘伯温的话说到了朱元璋的心坎上。朱元璋奋斗到今天不容易，逃，就意味着失去现有的一切，并且他没有退路。陈友谅向来心狠手辣，他是绝对不会放过自己的，与其束手就擒，不如放手一搏。刘伯温给了朱元璋勇气，也给了朱元璋信心。

后来，朱元璋依照刘伯温之计，果然大破陈友谅。从此刘伯温成了朱元璋的左膀右臂，备受器重。

徐达智对朱元璋

徐达是明朝的第一功臣，他跟随朱元璋南征北战，出生入死，立下了汗马功劳，对明朝的建立起到了至关重要的作用，被朱元璋赞誉为“万里长城”，官至大将军、右丞相、中山王（死后追封）。

徐达不仅骁勇善战，为人谦恭，而且对朱元璋忠心耿耿，毫无二心。尽管如此，他还是无法避免朱元璋对他的猜忌。朱元璋对开国功臣的屠杀堪称历代皇帝之首，无论是文臣，还是武将，只要对他的政权构成了威胁，他宁肯错杀一千，也不放过一人，所以明朝的开国元勋几乎无一幸免。对于手握兵权、功高盖主的徐达，朱元璋当然是一百个不放心，总想找个机会将他除掉。

有一次，朱元璋邀请徐达下棋。朱元璋的棋艺向来很差，哪是徐达的对手，但他偏偏棋瘾又大，且自我感觉良好，想要名正言顺地胜过徐达。徐达自然知道朱元璋的水平，平常下棋总要故意输给朱元璋几步。但这一回，朱元璋发下话来，要求徐达拿出看家本领，如若故意让棋，则以欺君之罪论处。

徐达是个聪明人，他一听朱元璋这话，就知道是祸不是福。在朱元璋没当皇帝之前，徐达还敢率性而为，想怎么下就怎么下。可是今非昔比，朱元璋是君，他是臣，他怎敢随意乱了规矩，稍有不慎自己的脑袋就得搬家，说不定还会被诛灭九族。要是以自己的真实水平与朱元璋对弈，必定会杀得他人仰马翻，这样势必会使龙颜大怒，结果可想而知；要是自己让棋，朱元璋肯定看得出来，又犯了欺君之罪。这真是一个解不开的局，赢不能赢，输不能输，这当如何是好呢?

朱元璋见徐达一副不知所措的样子，忙安慰他说："只是一盘棋而已，将军大可不必拘泥君臣之礼，只管痛痛快快地下就行了。"朱元璋嘴上说不在乎，其实骨子里是一个很讲尊卑的人。

皇帝发了话，臣子哪敢不从，徐达只好硬着头皮坐下来。棋局开始了，徐达下得十分小心，每一步都慎之又慎，只希望最终能下个和棋。这盘棋从早晨一直下到中午，也没有分出胜负。看看朱元璋，面露愠色，显然已经不耐烦了。徐达不得不故意露出个破绽，让朱元璋连吃两子，这样朱元璋就处于优胜位置。正当朱元璋打算一举拿下全局时，徐达却说什么也不下了。朱元璋有些得意地说："棋还没下完，将军怎么就认输了呢？"

徐达"扑通"一声跪在地上，小心翼翼地指着棋局对朱元璋说："皇上，请看！"朱元璋以为徐达想要赖，但细瞧之下，才发现棋盘上摆放着"万岁"二字。朱元璋龙颜大悦，一高兴，就把下棋的楼连同莫愁湖花园一并赏给了徐达。后来，人们便把这座楼称作"胜棋楼"。

一局棋下来，徐达不仅巧妙地化解了自己的危机，而且向朱元璋表明了自己的忠心，消除了朱元璋对他的猜疑。徐达最终成为洪武年间（1368—1398）极少数得以善终的功臣之一。

杨士奇的为人之道

杨士奇是明代的一位重臣，曾五朝为官，三朝辅政，历任内阁辅臣40多年、首辅21年，深得数位皇帝的信任和赏识，这在中国历史上堪称奇迹。都说伴君如伴虎，一朝天子一朝臣，那么杨士奇是如何行走在权力中心的呢？

永乐五年（1407），杨士奇被升任为左谕德，主要负责太子的文件往来和学习等相关事宜。

一天，明成祖朱棣截获了一张礼单，那是广东布政使徐奇进京前准备的，不知什么原因遗失了，还落到了皇帝的手里。朱棣本来就看不惯官场上的送礼、行贿之风，加上他比较器重的几个大臣全都名列其中，不禁龙颜大怒，打算拿徐奇开刀，并顺藤摸瓜，彻底整顿吏治。在实施这个方案之前，朱棣找到了杨士奇，因为这份名单中唯独没有他的名字。

如果此时杨士奇在朱棣的耳边吹吹风，对那些异己分子落井下石，绝对会掀起一番惊天大浪。但杨士奇并不是那种损人利己的人，在了解了事情的经过后，他认为此事不宜小题大做，毕竟政局还不太稳定，这种大面积的打击，势必会动摇国之根本。于是，杨士奇对朱棣说："陛下，我看名单上提到的官员并非都是贪赃枉法之辈，并且徐奇所送的礼品也不是什么贵重的东西，算不上收受贿赂，还请陛下三思，以大局为重。"朱棣闻言，随即将礼单烧毁，心里愈加欣赏杨士奇。

永乐二十二年（1424），朱棣驾崩，太子朱高炽即位，杨士奇被提拔为礼部左侍郎兼华盖殿大学士，随后又擢升为少保、少傅、兵部尚书。

朱高炽上台的第一件事不是巩固来之不易的政权，而是忙着清理那些昔日反对自己的人，比如大理寺卿虞谦、大理寺少卿弋谦、御史舒仲成等人。杨士奇得知后劝说道："陛下，杀死那些人很容易，也可以泄一时之愤，却会令天下士人寒心。试想，如果陛下不能广开言路，海纳百川，今后又有谁敢在您的面前说真话呢？"朱高炽听后，遂打消了这个念头。

洪熙元年（1425），朱瞻基继位，"三杨"（指杨士奇、杨荣、杨溥）继续留任内阁。

当时有人向朱瞻基进言，说杨荣镇守边关时生活腐化，经常收受下属贿赂，不宜委以重任。朱瞻基听后有些左右为难，毕竟杨荣是元老级的人物，且为国家立下过汗马功劳。于是，他找到杨士奇，想听听他的意见。杨士奇直截了当地说："对于边防事务，我不及杨荣一半，陛下切不可因小失大。再说人非圣贤，孰能无过，陛下只需提醒他一下就行了。"朱瞻基听后微笑着说："杨荣时常在背后说你的坏话，没想到你却在关键时刻为他说好话。"杨士奇说："杨荣怎么看我，我不在乎，但请求陛下原谅他的过失，国家和社稷需要他这样的人才。"后来，杨荣听说了这件事，感到万分惭愧，从此将杨士奇视为生死之交。

这便是杨士奇的为人处世之道，对人对事，都从大局来考虑，而不掺杂任何私心。

刘墉巧言化危机

刘墉是乾隆年间（1736—1795）的一位重臣，字崇如，号石庵。他学识渊博，忠君爱民，为人刚直，做官清廉，不畏强权，一时有“阎罗包老”之称，民间则称其为“刘罗锅”。

对于刘墉这个人，乾隆皇帝是既爱又恨，爱的是他的正气、他的才能、他的品行，恨的是他的清高、他的直言不讳、他的遇事认死理。

乾隆是一个什么样的人？他既是当朝天子，又是一个自视甚高的人，自称“十全老人”，常常在臣子面前炫耀自己的“十全武功”。在乾隆的心里，“本朝无名臣”，无论在哪个方面，都没有人能超越他。其骄傲自大可见一斑。和珅正是抓住了这个特点，时时在乾隆面前示弱讨好，所以深得乾隆的宠爱。而刘墉却偏偏不信这个邪，非要在老虎的屁股上摸一把。

有一次，乾隆犯了一个错误，刘墉抓住不放，还据理力争，致使龙颜大怒。乾隆一气之下，责令刘墉在家中自裁。要是换作别人，听到这句话，早已吓得屁滚尿流，跪地求饶。但刘罗锅就是刘罗锅，他听后转身就走，没有丝毫的恐惧，也没有丝毫求饶的意思。这让乾隆愈加觉得没有面子，下定决心非要刘墉认错告饶，方才赦免他的死罪。

见此，很多与刘墉交好的人都为他捏了一把汗。刘墉却潇洒自如，像个没事人似的。刘墉回到家里，吩咐家人烧了一锅水，一边哼着小调，一边舒舒服服地洗了一个热水澡。洗好澡，刘墉将准备换上的衣服置于水中浸湿，然后穿在身上，大摇大摆地来到皇宫面见皇上。

乾隆心中的气还未全消，见刘墉嬉皮笑脸地站在跟前，不禁火冒三丈，怒斥道："大胆刘墉，我念你是功臣之后，格外开恩，令你在家中自裁。你竟然不知好歹，抗旨不遵。你眼里还有我这个皇上吗？"

刘墉听后，不紧不慢地回答说："皇上，请您息怒，不是臣下抗旨不遵，而是臣下有不得已的原因。臣下回到家中后，立即命家人在浴桶里装满了水，臣下本想以死谢罪，哪知半道上遇到了屈原，他把我大骂了一顿，说自己当年投汨罗江而死，是因为遇到了昏庸无道的君主，实属走投无路。而你刘墉，如今遇到的是一位旷世明主，你怎么能寻死呢？赶紧回去吧！"

待刘墉说完，乾隆忍不住笑了，随即赦免了刘墉的罪行。其实，乾隆并没有杀刘墉的意思，只是想借此吓唬吓唬刘墉。

当然，刘墉也非等闲之辈，他是一个揣摩圣意的高手，自然明白这一点，所以巧妙地利用屈原的故事，给了乾隆皇帝一个台阶下。刘墉这招的确很高，不仅化解了自己的危机，保全了自己的名节，还给乾隆皇帝戴了一顶高帽子，可谓一举多得。

和珅巧计解禁《红楼梦》

和珅是我国历史上有名的大贪官。据说和珅的家产有上亿两白银，相当于清政府15年财政收入的总和。让人意想不到的是，就是这样一位飞扬跋扈的巨贪，却成就了一部旷世奇书——《红楼梦》。

《红楼梦》在乾隆时期叫作《石头记》，乃落魄书生曹雪芹所著。虽然这本书的艺术价值非常高，堪称天下第一书，但由于其中的内容涉及皇族，揭露了社会的腐败与黑暗，再加上主人公的性格又不符合封建伦理，所以《石头记》曾一度被列为禁书，不允许任何人公开出版和阅读，只有少许手抄本在民间流传。

一次偶然的机会，和珅在苏凌阿家发现了《石头记》的原稿，他激动万分，爱不释手。和珅早就听说过这本书，但一直无缘得见，凭着读书人特有的嗅觉，和珅知道这是一本千载难逢的好书，如果让它就此湮灭，实在有些可惜。当时和珅正受命编纂《四库全书》，他脑海里突然冒出一个念头：如果能将这本书出版发行，那么既能让埋藏在地下的金子重见天日，又会给自己带来好名声，何乐而不为呢？

可是，要想解禁《石头记》并非一件易事，这需要乾隆帝御笔亲批，弄不好还会惹祸上身。出于多方面的考虑，和珅决定在太后身上下功夫。乾隆是一个有名的孝子，只要想办法摆平了太后，后面的事情就水到渠成了。

和珅向来圆滑，他知道太后喜欢听故事，于是暗地里将《石头记》的内容记下来，然后每天在向太后请安时，给她讲上一小段。太后被吊足了胃口，寝不安，食无味，欲罢不能，索性让和珅把那本书呈上来，以便看个痛快。和珅听后，十分为难地说："奴才也想把这本书献给太后，只是它是禁书，没有皇上的许可，没人敢刻印啊！"太后听入了迷，哪肯善罢甘休。于是，她找到乾隆帝，要求他立即将这本书解禁。乾隆帝哪敢违抗母亲的意愿，只好命和珅全权负责此事。

很快,《石头记》的出版被提上了议事日程,然而,万事俱备,只欠东风。由于曹雪芹英年早逝，只写了前八十回，后四十回只有回目和一些零散的片断。为了给《石头记》安排一个完美的结局，和珅特地找到了当时文坛上极负盛名的高鹗，让他续写后四十回。其实，早在这之前，高鹗和他的朋友程伟元就写好了后四十回，但和珅看后，觉得结局过于凄惨，要求高鹗重写，并将前八十回中敏感的文字和内容作了一些修改。高鹗只好忍痛割爱，按照和珅的意思，对全书作了进一步的修改，并更名为《红楼梦》。

和珅看过修改稿后，非常满意，遂呈给乾隆帝审阅。乾隆一口气读完了全书。他也十分欣赏曹雪芹的文笔，于是下令解禁《红楼梦》，并刊行天下。从此，《红楼梦》风靡全国，给人们带来了一笔宝贵的精神财富。

可以说，《红楼梦》得以流传至今，和珅功不可没。这便是文学艺术的魅力。

曾国藩的处世绝学

曾国藩是晚清的一位能臣。他从小喜好读书，并立志在仕途上有所作为，虽然生性愚笨，但靠着一股子勤奋劲儿，也学到了不少本领。曾国藩曾三次参加科考，前两次皆败北，但他毫不气馁，越挫越勇，终于在 28 岁那年成了同进士。从此，他开始踏上仕途。十多年间，他先后做过翰林院庶吉士、内阁学士、稽查中书科事务、礼部侍郎，署兵部、工部、刑部、吏部侍郎等职。

咸丰二年（1852），太平天国运动爆发。起义军以锐不可当之势，迅速席卷了大半个中国，腐朽的八旗军和绿营军不堪一击，节节败退，清王朝的政权风雨飘摇。而此刻曾国藩因母亲去世，正在家中守孝，他接到清政府颁发的团练命令后，依靠复杂的人际关系，迅速在家乡组建了一支地方武装。因为军中的士兵大多来自湖南，于是人们称之为“湘军”。由于曾国藩知人善用，军纪严明，湘军渐渐地发展壮大起来，成为剿灭太平军的一支主力。

1864 年，湘军在曾国荃（曾国藩的弟弟）的率领下攻克天京，消灭了太平天国。湘军由此威震南北，曾国藩也被封为了一等勇毅侯，位列三公，成为清代以文人而封武侯的第一人。

镇压太平军后，曾国藩麾下的湘军已有十几万人之众，是当时清政府最精锐的一支部队。于是，有部下向曾国藩进言：“鼎之轻重，似可问焉。”话里的意思，就是劝曾国藩借助威望和武力拥兵自立，即便不能拿下全国，也可以在湖南称王。但曾国藩不为所动，还将“鼎之轻重，似可问焉”改为“鼎之轻重，不可问焉”，并手书一诗，以“倚天照海花无数，流水高山心自知”一句表明自己的态度，让部属不可多想。

其实，慈禧太后对曾国藩早有防备，安排了不少眼线在曾国藩的身边，只要曾国藩那边有风吹草动，她都会了如指掌。曾国藩自幼熟读经书，自然明白其中的要害，况且他也的确是一个忠于朝廷的人，所以在慈禧太后还没有动他之前，他就自行裁减湘军，还派人悄悄到京城散布消息，说湘军无意北上争权，让慈禧太后放心。后来曾国藩还是担心慈禧太后有所疑忌，索性解散了湘军，表明自己没有丝毫的野心。

不仅如此，曾国藩行事还相当低调，从不讲排场，从不以权势压人，甚至还不准家人在门上挂相府的牌匾。他对子女的要求也非常严格，不准穿太华丽的衣服，不准随意使唤仆人，不准在考试前拜访考官。在生活方面，曾国藩也极其俭朴，每日粗茶淡饭，衣着朴素，出门尽量步行，很少用轿子。

曾国藩认为,“处此乱世,愈穷愈好”；身居高位,“总以钱少产薄为妙”；“功成身退，愈急愈好”。

身在权力场，曾国藩时刻保持着清醒，不贪恋权力，不居功自傲，谦虚谨慎，宽以待人，这使他得以在波澜诡谲的晚清官场立于不败之地。这恰好印证了一句话：“满招损，谦受益。”

风云职场

有人说，职场如赌场，输赢全听天命；也有人说，职场如战场，输赢全凭实力；还有人说，职场如围城，输赢全看心绪。如何在职场中立于不败之地？这是一门学问，也是一门高深的艺术。就让我们穿越历史的云烟，去看看古人是如何为官、任职的吧。

孔子的面试

公元前487年，孔子的学生冉求与齐军交战，打了一个漂亮的胜仗。季康子(鲁国正卿,也是鲁国的实际掌权者)心情大悦,问冉求有什么需求。冉求趁机向季康子推荐了自己的老师孔子，希望季康子能重新启用他，使鲁国更加强盛。

对于启不启用孔子，鲁哀公与季康子都心存疑虑。一方面，孔子年事已高，能否担当大任还是一个未知数；另一方面，14年前，孔子曾辞鲁而去，这给鲁哀公与季康子都留下了一个阴影，如若重新启用孔子，他会不会像当年一样一遇到阻力就拍屁股走人呢?

尽管季康子有着诸多顾忌，但鉴于父亲季桓子留下的遗言，再加上冉求的大力保举，最终以很高的礼遇将孔子接回了鲁国。

为了稳妥起见，季康子为孔子安排了一场面试，主考官为鲁哀公和季康子，这便是孔子一生中的最后一次面试。

鲁哀公率先问道：“先生，请问怎样才能

让老百姓服从于我呢？”

孔子略加思索后说：“把正直无私的人提拔起来，把邪恶不正的人置于一旁，老百姓就会服从；把邪恶不正的人提拔起来，把正直无私的人置于一旁，老百姓就不会服从，或是口服心不服。”孔子的意思很明显，为政之道，关键在于选拔贤能的人，只要为政者明辨是非，为老百姓谋福祉，那样老百姓自然会拥护你。

鲁哀公又问：“以先生之见，我如何才能治理好国家呢？”

孔子说：“要治理好国家，首先就得搞好民生，让老百姓安居乐业，生活富足，健康长寿。”

鲁哀公问：“那具体该如何实施呢？”

孔子说：“减轻劳役赋税，老百姓就会富裕；遵从礼教，远离战祸，老百姓就会长寿。”

鲁哀公说：“如果我按照先生所说的那样做，国家岂不会贫穷吗？”

孔子说：“哪有子富而父母贫的呢？”

接着，季康子又问孔子：“如果杀掉无道的人来成全有道的人，怎么样呢？”

孔子回答说：“您治理政事，哪里用得着杀戮呢？您只要处处行善，老百姓也会跟着行善。在位者的品德好比风，老百姓的品德好比草，风吹到草上，草就必定跟着倒。”

面试的结果是，鲁国终究不能用孔子。从此，孔子专心于学问，不再过问政事。

这是一次失败的面试，综观孔子的回答，我们不难看出其失败的原因所在。孔子主要推行的是仁政，虽然孔子的政治思想在当时有一定的积极作用，但并非完全行得通。而重视民生，任用贤能，这样的回答看似不错，实则显得空洞，就像喊口号，算不上什么建设性的意见。而鲁哀公和季康子所关心的是如何发展好国家的经济，提高军队的战斗力，以此雄霸天下。

在春秋战国那样的混乱时代，光靠推行仁政是不够的，富国强民才是根本，所谓经济基础决定上层建筑，只有经济发展了，其他方面才会欣欣向荣。

孔子看待问题，多从仁义道德的角度出发，而忽略了法律法规与经济生产，难怪齐相晏婴会说："夫儒者滑稽而不可轨法，倨傲自顺，不可以为下。"试想，如果人民生活富足，他们又怎么会去干违法乱纪的事？如果一个国家法纪严明，政治稳定，又有谁敢冒险来侵犯？因此，孔子的回答不能打动鲁哀公和季康子。

从孔子面试的失败中，我们可以受到这样的启发：要想在激烈的竞争中胜出，应该少说不切实际的话，而要拿出切实可行的方案，那样才具有说服力，才能最大限度地抓住考官的心。

李白的求职信

李白是谁，大家都知道。而李白有过一次失败的求职经历，这可能就鲜为人知了。

大约在公元 734 年，漫游了十余年的李白，依旧毫无建树，过着寄人篱下的生活。此时他已过而立之年，家有妻子儿女。为了养家糊口，李白突然想找一个固定的工作，拿一份稳定的薪水，让家人过上幸福快乐的生活。

唐朝，文人要想做官，有三条途径可走：

一是参加朝廷举行的科举考试。那时的科举制度刚刚建立，很多方面都不完善，无法体现考试的公平、公正，像李白这类孤高自负的有识之人是不屑于参加科举考试的，他认为那是对自己的侮辱。

二是寻仙修道，做伪隐士。李唐重道，以老子为先祖。一些士人便利用这一点，假装归隐修道，博得名声，以此引起朝廷的关注，并最终受到重用。

三是靠别人举荐。举荐者通常为达官贵人、朝廷重臣或社会名流。他们的举荐，往往胜过读十年书。当然要认识这些显贵，并取得他们的赏识，也并非一件易事。

权衡再三，李白选择了第三条途径，就有了这封流传至今的求职信——《与韩荆州书》。

韩荆州，名朝宗，荆州长史兼襄州刺史、山南东道采访使，是当时有名的伯乐。不少人就是通过他的举荐，鱼跃龙门，显达四方的。对于韩荆州的名望，李白早有耳闻，因此首先就想到了他。李白尽管才华横溢，生性孤傲，不愿求人，但迫于现实的无奈，不得不鼓足勇气，给韩荆州写了一封声情并茂的求职信，希望得到他的赏识与举荐，能够谋取一官半职，实现自己的人生理想和政治抱负。

在这封求职信中，他对韩荆州极其恭维和奉承，说什么“生不用封万户侯，但愿一识韩荆州”，“一沐三握发，一饭三吐哺”，“今天下以君侯为文章之司命，人物之权衡，一经品题，便作佳士”……这些话从李白的嘴里吐出来，着实让人吃惊，可见李白当时的处境有多么艰难。

一番马屁后，李白笔锋一转，毫无过渡地开始了自吹自擂，说什么“虽长不满七尺，而心雄万夫”，“君侯何惜阶前盈尺之地，不使白扬眉吐气、激昂青云耶”，“必若接之以高宴，纵之以清谈，请日试万言，倚马可待”……从这些话里可以看出，李白即便是求人办事，也依然改不了狂妄自大的毛病。

然而，李白这封近乎肉麻的求职信，并没能打动韩荆州，他的愿望落空了。后来的事实证明，李白的确不适合做官，韩荆州的沉默不过是恰到好处的拒绝和自我保护。

不过韩荆州得感谢李白，要不是因为李白的这份求职信，几千年后的今天，又有谁会知道唐朝有一个叫韩朝宗的人呢？

这是一封失败的求职信，但它记录了李白“干谒”之路的屈辱与辛酸，记录了一个天才诗人在残酷的现实面前曾有过的失意。

曹操的驭人之术

《三国演义》中，曹操被刻画成了一个奸诈多疑、背信弃义的小人，而事实上这是对曹操的误读。虽然曹操有他性格上阴暗的一面，但他敬重人才，知人善用，敢于担当，算得上是一位不错的领导。曹操从镇压黄巾起义起家，势力逐步发展壮大，灭吕布，败袁绍，逐鹿中原，三分天下，其智能和才谋令人惊叹，但他的用人之道和领导艺术更值得我们学习和探讨。

赤脚迎许攸。官渡之战时，曹军军粮告竭，曹操急忙遣人前往许昌筹办，结果使者不幸落入了袁军之手。于是，谋士许攸向袁绍献策道："曹操屯军官渡，与我相持已久，许昌必空虚。若分一军星夜掩袭许昌，则许昌可拔，而操可擒也。今操粮草已尽，正可乘此机会，两路击之。"谁知如此上等之计，袁绍不但不听，还怀疑许攸是曹操的奸细，将他赶了出去。许攸无奈之下只好去投奔曹操。当时，曹操刚刚解衣睡下，听说许攸来投奔自己，大喜过望，来不及穿上鞋子，光着脚板就跑到外面去迎接。许攸见此，感动万分，心想，曹公果然是明主啊。曹操亲热地拉着许攸的手走进营房，然后真诚地拜伏于地。这一拜，让许攸受宠若惊，一下子就拉近了他与曹操的距离。曹操的屈尊纡贵赢得了许攸的敬重和忠心。

焚烧通敌书信。官渡之战后，曹操以弱胜强，击败了袁绍。在缴获的大量书信中，曹操发现自己军中有不少人曾与袁绍有往来，这些东西都是通敌的铁证。顿时军中人人自危，唯恐曹操一一进行清算。然而出乎大家意料的是，曹操非但没有拆开那些信件，反而当着众人的面付之一炬。看着那些信件化为灰烬，大家悬着的心才渐渐放下来。曹操的宽容和大度，让那些曾经有二心的将士惭愧不已，也更加信任和拥护他，从此心甘情愿、死心塌地地为他卖命。

赐囊护髯留关公。曹操得到关羽后，非常欢喜。尽管关羽归顺曹操前曾立下三约——只降汉，不降曹，一有刘备的消息立马走人。但曹操对关羽还是关怀备至，宠爱有加，想方设法地笼络他。一天，曹操宴请关羽。席间，关羽喝醉了，手抚自己的胡须说道："生不能报国家，而背其兄，徒为人也！"曹操问："云长髯有数乎？"关羽答："约数百根。每秋月约退三五根。冬月多以皂纱囊裹之，恐其断也。"曹操听后十分怜惜，就把纱锦做的袋子送给关羽，以保护其胡须。这样一件微不足道的小事，都能引起曹操的莫大关注，足见他对下属的关怀。

可以说，曹操真心诚意，以情感人；推心置腹，以诚待人；开诚布公，以理服人；言行一致，以信取人；令行禁止，依法治人；设身处地，以宽容人；扬人责己，以功归人；论功行赏，以奖励人。正因为如此，他才从不缺乏人才，文有荀彧、许攸、贾诩、郭嘉、程昱、戏志才、刘晔、蒋济等谋士，武有夏侯惇、典韦、许褚、张辽、夏侯渊、张郃、徐晃、庞德等虎将。

把舞台留给别人

在《三国演义》里，诸葛亮是一个传奇式的人物，上知天文，下知地理，未出茅庐而知三分天下。无论是火烧新野、草船借箭、空城计，还是七擒孟获、六出祁山，无一不展现了他神一般的智慧。然而正是这样一个能力超凡的领导，造成了后来蜀中无大将的尴尬局面。

诸葛亮的军事才能和政治才能是毋庸置疑的，但他的管理和用人之术实在让人不敢恭维。以魏延为例，魏延本为刘表部将，镇守襄阳。适逢曹操挥师南下，率百万之众杀奔而来。刘备大败，携百姓逃往江夏，路经襄阳，魏延开城相迎，要投靠刘备。诸葛亮却以魏延脑后有反骨、日后必反为由，不愿收留魏延，险些错失良将。所幸刘备惜才，在攻打长沙时还是收留了魏延。尽管魏延智勇双全，屡立战功，但始终得不到诸葛亮的赏识和信任，甚至在与司马懿一役时，诸葛亮竟想一把火将魏延烧死，幸亏一场大雨救了魏延的性命。当然，在诸葛亮死后，魏延确实反了，表面上看应验了诸葛亮的话，实则魏延是被诸葛亮一步步逼反的。

诸葛亮犯的最大错误还在于事必躬亲。有人说诸葛亮不是病死的，而是活活累死的，这种说法虽然欠妥，但也有一定的道理。一个人的精力是有限的，不可能事事都抓在手里，样样都做得尽善尽美。正是因为诸葛亮的能力太强，眼光太挑剔，所以他的眼里容不得半点沙子，总觉得下属做的每件事都不如自己的意，都需要自己亲自过问和指导，这样

就造成了诸葛亮出师未捷身先死。

事必躬亲不光害了他自己，也间接地导致了蜀国的灭亡，后来蜀中无大将便是一个很好的印证。在诸葛亮的这种管理制度下，下属几乎没有什么上进心，大家得过且过，按部就班，坐在大树底下乘凉。他们心想：我们再努力，才能也高不过诸葛丞相，只管安心地享受胜利的果实，天塌下来有诸葛丞相顶着，什么也不用担心。这就使得蜀国的人才储备严重不足。魏伐蜀时，魏军几乎是所向披靡，蜀国竟没有几个可用之才。虽然这不能完全归罪于诸葛亮，但也跟他的用人制度和管理原则有很大的关系。

聪明的领导不仅要用人不疑、疑人不用，而且要懂得放权。领导者要像汉高祖刘邦那样，不管带兵，只管带将，该放手时就放手，把舞台留给别人，让下属尽情去发挥。

赵云的职场法则

在《三国演义》里，赵云既是一个骁勇善战、武艺超凡的常胜将军，又是一个左右逢源、备受人们尊重和喜爱的人。他在战场上勇猛无比，屡立奇功；在矛盾的旋涡中沉着冷静，游刃有余；在功成名就后不骄不侈，全身而退。我们在惊叹的同时，不禁要问：赵云是如何轻松自如地玩转职场的呢？

对老板忠心。在《三国演义》中，赵云的忠诚体现得十分鲜明。建安十三年（208），刘备与曹操对阵，兵败后仓皇逃窜，连妻儿也顾不上。而赵云却掉转马头，望北而去。糜芳、张飞等人以为赵云卖主求荣，投曹操去了，却不知子龙是为了寻找刘备的家眷。子龙置个人安危于不顾，只身冲入敌营。经过一番厮杀，子龙首先救出了刘备的妻子甘夫人，接着再次杀入敌阵，在曹操的十万大军中左冲右杀，最终救出了幼主刘禅。子龙的忠勇令刘备感动不已，子龙从而升格为刘备的左膀右臂，被任命为牙门将军。忠诚永远是职场中获取信任的试金石，无论在哪个朝代皆是如此。

处事谨慎明智。建安七年（202），博望坡之战中，刘备大败曹军，赵云擒获敌将夏侯兰。子龙与夏侯兰是同乡旧友，知道他通晓法律，是一个不可多得的人才，于是向刘备请命，举荐他为军正。本来子龙可以将夏侯兰留在自己的身边，收为心腹，但为了避免结党营私之嫌，他还是明智地选择了放弃，从而避免了刘备对他的猜忌。

时刻不忘身边人。蜀汉建兴五年（227），赵云随诸葛亮北伐，在街亭失利，退兵时蜀军乱作一团，损失惨重，而唯有子龙部属编制整齐得犹如出军之时，军资和人员也损失甚少。诸葛亮大为不解，一旁的邓芝回答说：“赵将军亲自断后，因此军资没有遗失，人员编制整齐。”为了奖励子龙的功绩，诸葛亮下令将军中剩余的绢布分发给子龙及其将士。赵云说：“我军军事失利，我们怎么还能要赏赐呢？请将这些物资全部纳入赤岸府库，在十月寒冬的时候再赏赐给将士们使用。”

远小人，亲贤朋。赵云做了桂阳郡太守后，原太守赵范为了讨好他，欲将寡嫂樊氏献给子龙。尽管樊氏长得国色天香，但子龙还是毅然拒绝了。他对赵范说：“我们是同姓，你的嫂子就像是我的嫂子一样。”面对大家的困惑，子龙解释说：“赵范是被迫投降，心不可测。”不久，赵范果然寻机逃走，而赵云则未受到丝毫的牵连。

赵云就是这样一个人，不居功自傲，为人低调友善，总是设身处地地为他人着想。

宋江成功的秘诀

宋江在上梁山之前，是郓城县押司（负责案卷整理工作或文秘工作的小吏）。他精通刀笔，爱习枪棒，吏道纯熟。不过，论相貌，宋江不如林冲、关胜等；论出身背景，宋江不如呼延灼、杨志等；论文才智谋，宋江不如吴用等；论武功，宋江不如卢俊义、鲁智深等。那么宋江凭什么一入伙就坐了梁山集团的第二把交椅，并且在晁盖死后，顺利地当上了梁山集团的头领呢？这得从宋江的为人处世说起。

首先是忠孝。自古以来，百善孝为先，孝是一个人的为人之本，也是一个人应该具备的最基本的道德品质。无论是古代还是现代，孝子都是令人敬佩的。而宋江恰好就是一个有名的大孝子，这为他在以“忠孝”著称的梁山集团里赢得了好名声，也使一把手晁盖对他另眼相看。有了好的印象，才会有好的未来，宋江出色地做到了这一点。

其次是义气。宋江为人豪爽耿直，喜欢结交江湖朋友，但凡有人来投奔他，无论地位高低，一概留在庄上吃住，并且终日陪伴，笑脸相迎，没有丝毫的厌倦。如果客人要离开，他一定竭尽所能，鼎力资助，视钱财为粪土。要是有人向他借钱借物，他也从不推托，总是与人方便。他还时常散施棺材药饵，济人贫苦，周人之急，扶人之困。这使得宋江声名远播，江湖上无人不知、无人不晓，大家都尊称他为及时雨。这如同《三国演义》中的诸葛亮，虽躬耕于南阳，居住在草庐之中，但其贤能之名早已传遍四野。

宋江的好名声为他后来的发展铺平了道路，所以他一上梁山就坐上了第二把交椅。晁盖本来要让宋江坐第一把交椅的，但被宋江婉言谢绝了。当然，宋江不是不想坐第一把交椅，从浔阳楼留诗中就可以看出他是一个有理想、有抱负的人，只是他觉得时机尚不成熟，毕竟他在梁山集团没有半寸功劳。

进入梁山集团后，宋江并没有因为自己坐了第二把交椅，就自高自大。他为人十分低调，在晁盖面前毕恭毕敬，在兄弟面前也没有丝毫的架子。在工作方面，他兢兢业业，只管埋头做事，想方设法地壮大梁山集团的规模，搞好经济发展，为兄弟们多谋福利。宋江知道，好名声仅仅是一块敲门砖，要想真正在梁山集团站稳脚跟，还必须靠实干加巧干。

攻打祝家庄是宋江的一项重要策划，做好了，不仅能取得晁盖的赏识和信任，还能提升自己在梁山集团的威望。为了体现自己的担当，宋江让晁盖坐在家中享清福，他亲自率领一干兄弟下山攻城略地。其理由是："只是哥哥乃山寨之主，岂可轻动？小可不才，愿亲领一支军马，启请几位贤弟下山，去打祝家庄。若不洗荡得那个村坊，誓不还山。"晁盖听后，心中暗自高兴，对宋江的好感又猛增了几分。

随后，宋江每次都以"只是哥哥乃山寨之主，岂可轻动"为由，将晁盖留在山寨之中，而他则南征北战，立下了汗马功劳，这为他后来做一把手打下了坚实的基础。果然，晁盖命丧曾头市后，梁山集团上上下下一致表决，让宋江来坐第一把交椅。

林冲失败的职场生涯

在《水浒传》中，林冲是一个悲剧英雄，尽管他武功盖世，能力超群，为人忠厚耿直，又是科班出身，但无论是在国有企业里，还是在民营企业里，他的职场生涯都十分不顺，充满了屈辱、艰辛和坎坷。

年轻时的林冲，凭着过硬的专业技术、老黄牛般的干劲，终于在国有企业大宋集团公司混到了部门经理的位置。这对无背景、无权势的林冲来说，已经相当不错了。因此，林冲非常珍惜这个职位，平常克己奉公，任劳任怨，在领导面前，毕恭毕敬，唯唯诺诺，唯恐有所闪失。林冲以为，这样就可以保住现有的地位，安安心心地过自己的小康生活。可是，一切并不遂人所愿，就在他做了部门经理不久，大宋集团更换了董事长，市井流氓出身的高俅成了他的顶头上司。高俅是什么人呢？原为苏轼的书童，后因玩得一手好球，受到端王（后来的皇帝）的赏识，从此平步青云，飞黄腾达，做到了大宋集团总监的位置。高俅本是一个心胸狭窄、嫉贤妒能的小人，他哪容得下比他强的人，尤其像林冲那样不懂得变通和掩饰光芒的人。高俅刚一上任，就辞退了一个叫王进的部门经理，随后，林冲也因为与高衙内的矛盾，被贬到了沧州分公司。即便这样，高俅仍然不肯放过林冲，暗中派人陷害他，致使草料场失火，最终林冲不得不离开他恋恋不舍的国有企业，委身于实力弱小的民营企业梁山集团。

也许是林冲时运不济，抑或是性格使然，到了梁山集团后，林冲同样不受时任一把手王伦的待见。先是百般刁难，说什么庙小容不下大菩萨，随后又搞什么投名状，让林冲与青面兽杨志大战了一场。后来，林冲好不容易入了伙，又受到领导和同事的排挤。林冲感到无比的憋屈，终于在晁盖上山时，一刀砍了王伦，并推举晁盖做了梁山集团的董事长，他自己也当了一个部门经理。跟着晁盖，林冲的确风光了一阵子。但好景不长，晁盖在攻打曾头市时，身中毒箭，一命呜呼。宋江接任梁山集团的董事长后，林冲的厄运也随之开始了。宋江并不打算将梁山集团做成上市公司，只想在做大、做强后，挂靠在大宋集团旗下，混个总监当当。而林冲的愿望是打垮大宋集团，杀死高俅，报仇雪恨。虽然林冲强烈反对挂靠，但宋江一意孤行，林冲顾及兄弟感情，只得委曲求全，牺牲小我。最后在与方腊集团角逐时，由于劳累过度，加上长期压抑，林冲终于病倒在了杭州，半年后不治而亡，结束了他悲苦的职场生涯。

林冲失败的职场经历给了我们如下启示：一是，不能过于软弱。身在职场，有时是需要勇气和魄力的，即便面对上司的打压，也要有所回应，大胆地表明自己的态度。二是，不能缺乏远大的理想。在国企时，林冲只知做好自己的本职工作，从未想过今后怎样发展。而在民营企业里，林冲整天只想着报仇，没有很好地规划自己的职业人生。三是，不能忽略人际关系。在职场中，良好的人脉也是成功的保证。林冲的朋友并不多，进入梁山集团以前，他最好的朋友是陆谦和陆虞侯，但在关键时刻，这两个好朋友都过河拆桥；到了梁山集团后，除了花和尚鲁智深与小旋风柴进外，他几乎没有什么说得上话的朋友。

古人也需值夜班

我们经常在电视和小说里看到这样一个情节：某公司老总因特殊原因在深夜来到办公大楼，当他经过下属所在的办公室时，无意中发现一个职员正在聚精会神地埋头工作。老总十分感动，于是记下了这个人。随后，这位职员平步青云，备受器重，很快就成了公司里举足轻重的人物。

也许很多人认为这样的情节不可能在现实中发生，即便发生了，也不会带来如此美好的结果。而事实上，在中国古代也发生过因“加夜班”而获得升迁的事。

巴延三曾是军机处的一名小职员，因为没有什么背景，加上才华与能力很一般，又不会巴结上司、讨好同事，所以在军机处混了好几年，也没能弄得一官半职。令人意想不到的是，后来一次偶然的机会改变了巴延三的人生，使他咸鱼翻身，鱼跃龙门。

有一天深夜，乾隆皇帝突发奇想，计划攻打准噶尔。他急匆匆地来到军机处，发现里面的灯还亮着，不禁好奇地走了进去。在昏黄的灯光下，乾隆皇帝看到一个瘦弱的书生正在奋笔疾书，这个人就是巴延三。乾隆皇帝大为感动，认为巴延三是一个勤奋上进的好青年，于是把撰写文书的任务交给了他。

巴延三真没想到会得到这么一个好差使。那天晚上本来不是巴延三值夜班，因为他平常不太爱说话，老实巴交的，同事见他好欺负，每次值夜班都推给他。巴延三接到乾隆皇帝交办的任务后，受宠若惊，万分激动，虽然他在军机处行走，却是里面最低级的一个文员，从未见过皇帝，也从未直接得到过皇帝的任何授命。

第二天，巴延三诚惶诚恐地将一份熬了一个通宵赶出来的文书交给乾隆皇帝审阅。说实在的，巴延三对自己的能力并不自信，他忐忑不安地等待着乾隆皇帝的责骂。但出乎意料的是，乾隆皇帝看了他起草的文书后，大加赞赏，直夸他有才气。从那以后，巴延三时来运转，在乾隆皇帝一次次提拔下，他从一个最低级的文员做到了两广总督，成为名噪一时的封疆大吏。

值夜班能让自己官运通，巴延三可谓千古第一人。然而这种幸运并不是每个人都能遇到，杜甫就曾经常加夜班，《春宿左省》一诗中的“不寝听金钥，因风想玉珂。明朝有封事，数问夜如何”就描述了他加夜班的情形，可他依然怀才不遇。

取得上司信任和赏识的途径很多，而值夜班无疑是一种直接简单的方法。不过，就算领导“查夜”了，除非你是真的勤奋，真正能担当大任，否则领导也不会重用你。

一个“满”字害死年羹尧

年羹尧是清朝一位有名的权臣，他21岁入仕，一路顺风顺水，官运亨通，不到30岁就做了封疆大吏。雍正即位后，由于他在皇位之争中起到了至关重要的作用，加上才华横溢，有胆有谋，屡立战功，深受雍正皇帝的恩宠，官至四川总督、川陕总督、抚远大将军，还被加封太保、一等公爵等位。

在平定青海郭罗克之乱后，年羹尧更是名声大震，享誉朝野。雍正对他的宠信到了无以复加的地步，无论大小事务，总要征询年羹尧的意见。要是年羹尧有个伤风病寒，雍正则关怀备至，再三垂询。更有甚者，有一年，荔枝熟了，为了让年羹尧尝个鲜，雍正命驿站八百里加急，务必在六天之内将荔枝从京城送到西安，此情此举，不亚于当年唐明皇为杨贵妃送荔枝。不仅如此，雍正还亲自为年羹尧撰写了一道文书：“不但朕心倚眷嘉奖，朕世世子孙及天下臣民当共倾心感悦。若稍有负心，便非朕之子孙也；稍有异心，便非我朝臣民也。”这样的殊遇，即便是为清朝的建立立下汗马功劳的多尔衮也未享受到。

就是这样一位志得意满、权倾天下的大将军，最后却被革职去爵，沦为阶下之囚，以九十二条大罪被赐死狱中。

说来十分可笑，令年羹尧遭此厄运的导火线竟是一张毫不起眼的贺表。雍正三年（1725）三月，天上出现了“日月合璧，五星联珠”的祥瑞之兆，群臣纷纷上表祝贺。年羹尧也上了一道贺表，称颂雍正夙兴夜寐，励精图治。谁知雍正看后龙颜大怒，原来年羹尧的贺表字迹潦草，又一时

大意，把“朝乾夕惕”误写为“夕惕朝乾”。于是，雍正抓住这个错误，借题发挥，说年羹尧本来不是一个办事粗心的人，这次是故意不把“朝乾夕惕”四个字“归之于朕耳”，并认为这是他“自恃已功，显露不敬之意”，所以对他在青海立的战功，“亦在朕许与不许之间”。

随后，年羹尧厄运交加，先是被解除了川陕总督之职，交出了抚远大将军印，调任杭州将军。接着，他又被削去官职，夺去爵位，押入京城，赐狱中自裁。年羹尧父兄尽数受到牵连，革职的革职，充军的充军。

其实，早在贺表事件之前，年羹尧就为自己埋下了祸根。平定青海郭罗克之乱后，年羹尧自恃功高，加之皇帝恩宠，他变得趾高气扬，骄横跋扈，不把朝中的大小官员放在眼里。

雍正二年（1724）十月，年羹尧进京朝见，在赴京途中，他命都统范时捷、直隶总督李维钧等跪道迎送。年羹尧到京时，郊迎的王公以下官员统统跪着迎接他，年羹尧安然地坐在马上走过去，连正眼也没有瞧一下。王公大臣下马向他问安，他也只是点点头而已。

不仅是这一次，年羹尧的骄横由来已久。据说，年羹尧平常赠送给属下官员物件时，要令其“北向叩头谢恩”；发给总督、将军的文书，本属平行公文，却擅称“令谕”，把同级官员视为下属；甚至蒙古扎萨

克郡王额驸阿宝见他，也要向其行跪拜之礼。

对于朝廷派来的御前侍卫，理应优待，年羹尧却把他们留在身边当作“前后导引，执鞭坠镫”的奴仆使用。按照清朝的典制，凡上谕到达的地方，地方大员必须行三跪九叩大礼，跪请圣安，但雍正的恩诏两次到西宁，年羹尧竟“不行宣读晓谕之礼”。更有甚者，他曾向雍正进呈其出资刻印的《陆宣公奏议》，雍正打算亲自撰写序言，尚未写出，年羹尧自己竟拟出一篇，并让雍正认可。年羹尧在雍正面前也行止失仪，“御前箕坐，无人臣礼”，对此，雍正颇为不快。

年羹尧的飞扬跋扈、傲慢无礼，简直到了令人发指的地步，以至于宠信他的雍正皇帝也忍无可忍，最终决定拿他开刀。当年羹尧被押解回京后，昔日受过他气的人纷纷检举揭发他，给年羹尧列出了九十二条大罪，并请求立正典刑。这时的年羹尧已是墙倒众人推，朝中竟没有一个人站出来为他说话。雍正念及年羹尧曾有功于社稷，于是格外开恩，赐了个狱中自裁。

曾经叱咤风云、位极人臣的年大将军，因为一个“满”字，落得个身败名裂、家破人亡的可悲下场，这不禁让人想起一句古语：“满招损，谦受益，时乃天道。”